# in poche parole

EINAUDI RAGAZZI

ISBN 978-88-6656-319-8

www.edizioniel.com
www.elesserofeliciecontenti.it

# Madame Bovary

di Gustave Flaubert

raccontato da
Pierdomenico Baccalario

EINAUDI RAGAZZI

## capitolo 1

# UN ALUNNO RIDICOLO

Gli alunni del collegio di Rouen stavano studiando, quando entrarono il preside, un nuovo alunno e il bidello con un grosso banco. I dormiglioni si svegliarono e si alzarono di soprassalto.

– Comodi, comodi, – disse il preside, e poi si rivolse all'insegnante: – Professor Roger, vi raccomando questo allievo. È ammesso alla quinta ma, se lo meriterà, passerà tra i pari età.

Era un robusto campagnolo, piú alto degli altri studenti: doveva avere quindici anni o piú! Malgrado la mole, però, non incuteva timore. Aveva i capelli tagliati diritti sulla fronte, come un chierichetto, e un'espressione intimidita. E... com'era vestito! La giacchetta di panno lo stringeva sotto le ascelle, lasciandogli i polsi scoperti. Portava dei pantaloni giallastri, tirati allo spasimo dalle bretelle, improbabili calze blu e scarpe chiodate e mal lucidate.

Ascoltava tutto orecchi le lezioni di latino, rigido come in chiesa, e al suono della campanella, il professore dovette chiamarlo perché si mettesse in fila.

In quella classe, per avere le mani libere, si usava buttare il cappello sotto il banco appena entrati. Ma il «nuovo» non lo sapeva, e lo teneva sulle ginocchia. Era un copricapo abbastanza indefinibile, una specie di cappuccio di pelo, o colbacco, o forse un berretto da notte... comunque bruttissimo.

– Alzatevi, – disse il professore.

Lo scolaro si alzò: il berretto cadde a terra. Tutta la classe scoppiò a ridere. Si chinò per raccoglierlo. Un compagno con una gomitata lo fece di nuovo cadere: il ragazzo ancora una volta lo raccattò.

– Insomma! Sbarazzatevi di quel coso! – disse il professore.

La classe rise di nuovo, confondendo il poveretto, che non sapeva piú se doveva tenere il berretto in mano, lasciarlo in terra o metterselo in testa. Alla fine, si risedette e se lo mise sulle ginocchia.

– Alzatevi! – ripeté il professore. – Il vostro nome?

Il ragazzo farfugliò qualcosa di incomprensibile.

– Ehm... Potete ripetere?

Si udirono le stesse sillabe biascicate, sommerse dagli schiamazzi della classe.

– Piú forte, – gridò il professore. – Piú forte!

Compiendo un atto eroico, il ragazzo aprí una bocca smisurata e gridò a pieni polmoni: – *Sciarbovarí*!

La classe impazzí. Era un nome senza senso! C'era chi urlava, chi abbaiava e chi pestava i piedi, e tutti ripetevano: *Sciarbovarí, Sciarbovarí*!

Infine, sotto uno scroscio di urla professorali, la classe sbollí e tornò all'ordine. L'insegnante, dopo esserselo fatto dettare lettera per lettera, riuscí ad afferrare il nome di Charles Bovary e gli ordinò di andare a sedersi nel banco degli asini, sotto la cattedra.

Il ragazzo si avviò, ma ebbe un'esitazione.

– Cosa c'è? – chiese il professore.

– Il mio berr... – iniziò a dire l'alunno, guardandosi intorno smarrito.

Per poco non scoppiò un altro tumulto, ma il professore lo stroncò sul nascere.

– Quanto a voi, Bovary, – disse, asciugandosi la fronte con un fazzoletto, – scriverete venti volte la frase *ridiculus sum*. E non vi preoccupate, – aggiunse, piú dolce. – Ritroverete il vostro berretto: nessuno l'ha rubato.

Le teste si chinarono sui fogli e Charles Bovary si comportò normalmente. Ogni tanto, gli lanciavano delle palline di carta, ma lui teneva gli occhi bassi, senza reagire.

Nell'aula di studio, la sera, si applicò con impegno, cercando tutti i vocaboli sul dizionario.

Per questa prova di buona volontà, non fu retrocesso alla classe inferiore. Aveva fatto del suo meglio perché, pur conoscendo le regole, non riusciva a esprimersi con eleganza. I suoi, per non spendere, lo avevano mandato in collegio il piú tardi possibile.

Non era un tipo fuori del comune. Era tranquillo, giocava all'intervallo, studiava e stava attento durante le lezioni, dormiva sodo e mangiava con appetito.
Continuando a impegnarsi, restò sempre a metà strada tra i primi e gli ultimi della classe. Ma, alla fine della terza, i genitori lo ritirarono dal collegio per fargli studiare medicina, convinti che il ragazzo avrebbe saputo prepararsi da solo per la maturità.
Sua madre arrivò dalla campagna, gli trovò una camera a mezza pensione, procurò i mobili e acquistò una stufetta di ghisa con la legna per il riscaldamento. Poi ripartí, dopo aver ripetuto mille volte al ragazzo di comportarsi bene.
Il programma dei corsi, affisso a scuola, lo lasciò in stato confusionale: anatomia, patologia, fisiologia, farmacia, chimica e botanica, clinica e terapeutica, senza contare l'igiene e tanti altri... tutti nomi senza significato, paurosi come porte di tenebrosi santuari.
Non ci capiva niente. Studiava come un pazzo, aveva quaderni ben tenuti, seguiva i corsi senza perdere una sola lezione. Ma era come il cavallo della giostra, che gira in circolo a occhi bendati senza sapere a cosa serva la sua fatica.
Per risparmiare, sua madre gli spediva per corriere un pezzo di vitello al forno, che lui mangiava al rientro dall'ospedale, battendo i

piedi per il freddo. Subito dopo pranzo correva alle lezioni, all'anfiteatro di anatomia, all'ospedale, e riattraversava tutta la città. Dopo la magra cena della pensione, sgobbava in camera sua, coi vestiti umidi fumanti al calore della stufa.

Nelle sere estive, quando l'aria era tiepida e le vie deserte, apriva la finestra e si affacciava. Di fronte, al di là dei tetti, si apriva un cielo grande e puro, e in fondo al cielo doveva esserci la sua campagna. Chissà come si stava ora laggiú! Che fresco, sotto gli alberi!

Col passare del tempo, dimagrí e crebbe di statura. Aveva in viso un'espressione triste che lo rendeva quasi interessante. Senza volere, iniziò a battere la fiacca. Una volta saltò una visita, poi una lezione e infine, prendendo gusto alla pigrizia, man mano trascurò tutti gli studi.

Frequentò sudicie osterie e si appassionò al gioco del domino. Quando batteva le tessere sui tavoli, si sentiva libero e con molta piú stima di se stesso. La scoperta della vita e dei piaceri rivelò molti lati nascosti del suo carattere: adorava le canzoni sporche, il ponce fatto in casa e infine l'amore.

Con quella preparazione, l'esame da ufficiale sanitario fu un fiasco completo. E i suoi lo aspettavano per festeggiare la promozione!

Si fermò alle prime case del paese, mandò a chiamare la madre e le raccontò tutto. La donna disse che non era colpa sua, che gli esaminatori erano stati troppo duri, e che ci avrebbe pensato lei a sistemare le cose. Al padre lo rivelò solo cinque anni dopo. E lui accettò la sua versione, perché non poteva ammettere di avere un figlio sciocco.

Charles tornò subito al lavoro e si preparò all'esame, imparando a memoria le risposte. Ottenne la promozione con una discreta media. Com'era contenta sua madre!

Per festeggiare quel giorno memorabile, preparò un banchetto grandioso.

capitolo 2

# UN MEDICO DI CAMPAGNA

Nel comune di Tostes c'era un unico medico, e la signora Bovary aspettava da tempo che tirasse le cuoia. Il nonnetto non aveva ancora chiuso gli occhi, che Charles aveva già aperto uno studio di fronte al suo. Ma bisognava trovargli una moglie! E sua madre gliela trovò: vedova, molto piú vecchia di lui, brutta e secca come una fascina.

Una notte, li svegliò un rumore di zoccoli. L'uomo sceso da cavallo diede a Charles una lettera: alla fattoria dei Bertaux, il signor Rouault si era rotto una gamba.

Prima dell'alba, ancora insonnolito, Charles montò in sella, cercando di farsi venire in mente tutto quel che sapeva sulle fratture.

Rouault, vedovo da due anni, aveva con sé solo la figlia, che lo aiutava in casa. Sulla soglia, la signorina Emma ricevette il signor Bovary, che salí al primo piano.

A letto c'era un ometto dagli occhi azzurri, stempiato e con gli orec-

chini. Appena vide il medico, smise di bere acquavite e bestemmiare e iniziò a gemere.
La frattura era semplice. Charles esultò: era una cosa da nulla! Per steccare la gamba preparò delle assi, mentre la domestica rimediava le bende ed Emma cuciva i cuscinetti.
Charles rimase colpito dalle sue unghie a mandorla, bianche, perfette. Aveva dei bellissimi occhi neri, che guardavano tutto con un candido ardire.
Dopo la medicazione, Charles si fermò a mangiare un boccone. Parlarono del tempo, del freddo terribile, dei lupi. Emma non si divertiva troppo in campagna. Mangiando, scopriva le labbra. I capelli a crocchia, divisi a metà, sembravano un tutto unico tanto erano lisci; lasciavano scoperti i lobi delle orecchie e formavano onde sulle tempie, incantando il medico di campagna.
Prima di andarsene, si guardò intorno.
– Dov'è finito il frustino? – disse. Era per terra. Emma lo vide e si chinò. Charles, per cavalleria, fece lo stesso, e sfiorò col petto il dorso della signorina.
Lei si rialzò tutta rossa e gli restituí il frustino.

Charles tornò l'indomani, poi due volte la settimana, senza contare le improvvisate che faceva di tanto in tanto. Dopo un mese e mezzo, papà Rouault faceva i primi passi, dicendo che Charles era un grand'uomo, di gran lunga piú bravo dei medici di Rouen.

Quanto a lui, non sapeva perché andasse ai Bertaux tanto volentieri. Sua moglie ci arrivò prima.

All'inizio, Héloïse chiedeva notizie del malato per sapere quando avrebbe saldato il conto. Ma quando seppe che aveva una figlia, si informò meglio: allevata in collegio dalle Orsoline, ottima educazione, esperta di danza, geografia, disegno, ricamo e pianoforte...

– Pianoforte? Questo è troppo! – sbottò, con istantanea antipatia. – Ecco perché Charles è cosí raggiante, quando va a trovarla. Si mette perfino il panciotto nuovo! Ah! Quella donna!...

Fece delle allusioni, ma Charles non le colse. Buttò lí osservazioni casuali, che lui lasciava cadere. Esasperata, passò alle invettive.

– Perché diavolo torni ai Bertaux se papà Rouault è guarito? Tanto piú che non ha ancora pagato l'onorario! Forse perché laggiú c'è una persona, eh? Qualcuno che sa conversare e ricamare, una donna spiritosa... come una signorina di città! – E continuava: – Quella lí, una signorina di città? Figuriamoci! Suo nonno era pastore e il cugino per poco non è finito alle assise per una rissa. Non è proprio il caso di pavoneggiarsi e di andare a messa la domenica vestita di seta come una contessa!

Tediato, Charles smise di andare ai Bertaux. Ma, in cuor suo, decise che il divieto di vedere Emma gli dava il diritto di amarla.

A primavera, il notaio di Héloïse scappò con tutti i soldi. La donna era comproprietaria di un battello per una quota di seimila franchi, e aveva una casa a Dieppe. Ma, di tanta ricchezza, Charles non aveva visto che qualche mobile e un po' di biancheria. Bisognava vederci chiaro. La casa di Dieppe risultò coperta di ipoteche e la quota del battello non superava i mille scudi. Héloïse aveva mentito! Esacerbato, il signor Bovary padre sfasciò una sedia e accusò sua moglie di aver causato l'infelicità del figlio, legandolo a quella vecchia cavalla, i cui finimenti valevano ancora meno della pelle.

Andarono a Tostes. Seguirono scenate. Héloïse si gettò piangendo tra le braccia di Charles, implorando protezione. Charles la difese. I genitori, indignati, se ne andarono.

Ma il colpo giunse a segno. Giorni dopo, mentre era in cortile a stendere la biancheria, Héloïse ebbe uno sbocco di sangue. L'indomani, mentre Charles era girato per chiudere le tende, disse: – Ah, mio Dio, – ed esalò l'ultimo respiro.

Dopo i funerali, Charles tornò a casa. Non c'era nessuno. Salí al primo piano, in camera da letto, vide un abito di lei ancora appeso ai piedi dell'alcova. Si appoggiò allo scrittoio e vi rimase fino a sera, perduto in un penoso fantasticare. Dopotutto, Héloïse l'aveva amato.

Tempo dopo, papà Rouault portò a Charles l'onorario per la frattura: settantacinque franchi e una tacchina. Gli batté una mano sulla spalla.

– Ci son passato anch'io! – disse. – Quando mancò mia moglie, andavo nei campi, piangevo, imprecavo... avrei voluto essere morto... Ma passerà anche questo, signor Bovary! Perché non venite a trovarci? Mia figlia si ricorda di voi, sapete? E dice che voi l'avete dimenticata. Presto sarà primavera... venite a sparare qualche fucilata ai conigli in garenna, per distrarvi un po'!
Charles accettò. Ai Bertaux, trovò tutto come prima. I peri erano già in fiore. Il buon Rouault, di nuovo in piedi, andava e veniva, animando la fattoria. Raccontò alcune storielle. Charles si sorprese a ridere; ma il ricordo della moglie, all'improvviso, lo rattristò. Servirono il caffè; non ci pensò piú.

Tornò laggiú un giorno. Emma cuciva tra il focolare e la finestra: non portava lo scialle e sulle spalle nude aveva piccole gocce di sudore.
Gli propose di bere qualcosa. Prese dall'armadio una bottiglia di curaçao. Ne prese un goccino anche per sé. Lo bevve con la testa all'indietro. Rideva perché non sentiva nessun sapore e, allungando la punta della lingua tra i dentini, dava leccatine al fondo del bicchiere.
Poi tornò a rammendare. Charles taceva. Lei gli disse che a volte, col cambio di stagione, provava un senso di stordimento e gli chiese se il mare le avrebbe giovato. Poi parlò del convento, e Charles del suo collegio...

Salirono in camera sua. Gli mostrò i vecchi libri di musica, i premi e le corone di foglie di quercia. Gli parlò di sua madre, e gli mostrò l'aiuola dove coglieva i fiori per la tomba. Ma il giardiniere non capiva niente! Le sarebbe piaciuto vivere in città, almeno d'inverno, anche se in estate la campagna poteva essere ancora piú noiosa...

La sera, Charles ripensò a tutte quelle frasi, sforzandosi di ricordarle una per una. Cosa sarebbe stato di lei? Si sarebbe sposata, e con chi? Ahimè! Papà Rouault era ricco, e lei... cosí bella! Una frase gli ronzava nelle orecchie: «Se ti sposassi, però... Se ti sposassi...» La notte non dormí. Spalancò la finestra. Il cielo era pieno di stelle. I cani abbaiavano. Si girò dalla parte dei Bertaux...

Dato che, dopotutto, non rischiava niente, decise di chiederla in sposa. Ma, ogni volta, la paura gli chiudeva le labbra.

Papà Rouault sarebbe stato contento di sbarazzarsi della figlia, che in casa era una buona a nulla. Quando vide che Charles si era preso una cotta per lei, ci pensò su. Non era un gran partito, e non avrebbe mai voluto un genero come lui... ma sembrava un brav'uomo, istruito, e certo non avrebbe fatto storie sulla dote.

«Se me la chiede, io gliela do!»

Per San Michele, Charles trascorse tre giorni ai Bertaux, senza decidersi a parlare. Papà Rouault lo riaccompagnò per un tratto. Stavano per lasciarsi.

Charles si concesse un altro respiro e finalmente mormorò: – Signor Rouault, ecco, io... ehm... dunque...

– Avanti, dite pure! – rise Rouault. – Come se non sapessi già tutto!
– Papà Rouault... papà Rouault... – balbettò Charles.
– Io non domando di meglio, – continuò l'agricoltore. – Ma bisognerà chiederlo a lei. Tornerò a casa. Se è un sí, per non lasciarvi sulle spine, spalancherò l'imposta fin contro il muro: potrete vederla da qui.
Charles legò il cavallo e si mise in attesa. Passò mezz'ora. E poi diciannove minuti di orologio. Sentí un colpo. L'imposta era spalancata, il saliscendi tremava ancora.

capitolo 3

# LA SIGNORA BOVARY

Il corteo ondeggiava in mezzo al grano verde come una sciarpa colorata. Prima veniva il violinista, poi gli sposi, i parenti e gli amici, e dietro a tutti i bambini che strappavano i fiori dagli steli o si facevano dispetti.

Il vestito di Emma sfiorava il sentiero; di tanto in tanto lei si fermava, lo tirava su e, con i guanti, toglieva le pagliuzze, mentre Charles, le mani penzoloni, la aspettava.

La tavola era apparecchiata sotto la tettoia dei carri. C'erano quattro lombate di bue, sei fricassee di pollo, un umido di vitello, tre cosciotti arrosto e un maialino di latte allo spiedo, circondato da quattro salsicciotti. Agli angoli, troneggiavano bottiglie di acquavite e sidro dolce, che premeva con la sua spuma contro i turaccioli. Tutti i bicchieri erano già riempiti fino all'orlo. Piattoni di crema gialla tremolavano alla piú piccola scossa della tavola e mostravano sulla superficie le iniziali degli sposi tracciate con un sottile arabe-

sco. Un certo pasticciere di Yvetot si era occupato delle torte e dei torroni.
Si mangiò fino a sera. Alla fine, qualcuno si addormentò e si mise a ronfare. Ma, arrivati al caffè, tutti si rianimarono: intonarono canti, fecero gare di forza, raccontarono storielle, abbracciarono le proprie dame. Quando giunse il momento del commiato, i cavalli, ingozzati di avena fino agli occhi, non entravano quasi tra le stanghe.

Gli sposi se ne andarono due giorni dopo: Charles non poteva trascurare i suoi malati. Partirono sul barroccino di Rouault e arrivarono a Tostes verso sera. La gente si affacciò per vedere la nuova sposa del medico.
La governante diede loro il benvenuto, si scusò perché la cena non era ancora pronta e invitò Emma a visitare la casa.
La sala da pranzo aveva una tappezzeria giallo canarino. Sulla mensola del caminetto, luccicava una pendola che rappresentava la testa di Ippocrate. Nello studio di Charles c'era una libreria piena di volumi del dizionario della scienza medica, ancora intonsi, ma sciupati per essere passati tra le mani di troppi padroni.
Emma salí al primo piano. In camera da letto, vicino alla finestra, infilato in una bottiglia, c'era un mazzolino di fiori d'arancio. Un mazzolino da sposa, quello dell'altra! Emma lo guardò. Charles se ne accorse e lo portò in solaio, mentre Emma, in poltrona, pensava

al proprio mazzolino, riposto in una scatola di cartone, e si chiedeva che fine avrebbe fatto se mai fosse morta.

I primi giorni, Emma fece alcuni cambiamenti. Tolse i globi dai candelabri, fece ritappezzare le camere, ridipingere la scala e mettere panchine nel giardino. Suo marito, sapendo che amava le gite in carrozza, trovò un carrozzino d'occasione.
Charles era felice e spensierato. Una cenetta a due, una passeggiata serale sulla via maestra, un gesto della mano di Emma sui capelli, il suo cappellino di paglia a una finestra e un'infinità di altre cose piacevoli formavano il tessuto della sua felicità. Al mattino, a letto, guardava il sole filtrare tra la peluria bionda delle sue gote. Da vicino i suoi occhi sembravano piú grandi, soprattutto quando Emma, svegliandosi, apriva e chiudeva le palpebre; erano neri all'ombra e blu scuro nella luce piena. Il suo sguardo si perdeva in quegli specchi profondi.
Si alzavano. Lei si affacciava per vederlo andar via, i gomiti appoggiati al davanzale. Montato a cavallo, Charles le mandava un bacio, lei rispondeva con un gesto, chiudeva la finestra e lui se ne andava. Sulla via maestra, tranquillo e appagato, ruminava la sua felicità, come chi assapori, dopo pranzo, il gusto dei tartufi che sta digerendo.
Ed Emma? Insomma... prima di sposarsi era sicura di essere innamorata, ma la felicità che sarebbe dovuta nascere da questo amore

non esisteva, e ormai pensava di essersi sbagliata. Cercava ora di capire il vero significato delle parole *felicità, passione, ebbrezza,* che le erano sembrate cosí belle nei libri.

A tredici anni, in collegio, non si annoiava affatto; amava la compagnia delle buone suore. Giocava poco e imparava il catechismo. Si assopiva tra gli altari profumati, le fresche acquasantiere e i ceri brilluccicanti. Per penitenza, provò a stare un giorno intero senza mangiare. Confessava peccati non commessi per poter rimanere piú a lungo a mani giunte nell'ombra, ascoltando i bisbigli del prete. Le parole *fidanzato, sposo, amante celest*e e *matrimonio eterno* le riempivano il cuore.

Ogni mese veniva una vecchia a sistemare la biancheria. Mentre cuciva, cantava vecchie canzoni galanti. Le prestava romanzi che aveva nella tasca del grembiule. Parlavano di amore, dame perseguitate, foreste tenebrose, cuori tormentati, barche al chiaro di luna, usignoli nei boschi, cavalieri virtuosi come nessuno, sempre ben vestiti e malinconici come sepolcri.

Per sei mesi filati, a quindici anni, Emma si sporcò le mani con quella polvere di vecchie sale di lettura.

Alle lezioni di musica, le canzoni parlavano di angioletti alati, madonne, lagune e gondolieri, ma lasciavano scorgere seducenti realtà sentimentali.

Alla morte della madre, Emma pianse a lungo. In una lettera ai Ber-

taux, piena di tristi riflessioni sulla vita, chiese di essere sepolta nella sua stessa tomba. Suo padre, credendola malata, andò a trovarla. Emma era contenta di aver raggiunto cosí presto quella perfetta vita malinconica che le anime dappoco non raggiungono mai. Scivolò in meandri romantici: arpe sui laghi, canti di cigno, foglie cadute, vergini pure che salgono in cielo. Dopo un po' se ne stancò, ma non volle ammetterlo e, prima per abitudine, poi per vanità, s'impuntò, finché si stupí di non essere piú triste.
Intanto, le suore si accorsero che era cambiata. L'avevano tanto assillata coi loro consigli, che si comportava come un cavallo tirato per le briglie. Il suo spirito si ribellava ai misteri della fede, e si irritava contro la disciplina. Quando suo padre la tolse dal collegio, tirarono un sospiro di sollievo.
A casa, si divertí a tiranneggiare la servitú, ma presto la campagna la annoiò e rimpianse il convento. Quando Charles venne ai Bertaux, si sentiva delusa e incapace di emozioni.
Ma il desiderio di novità la convinse che era davanti a quella fantastica passione che immaginava come un grande uccello dalle piume rosa nella luce poetica dei cieli... e ora non riusciva a credere che quella vita tranquilla fosse davvero la felicità sognata.

Quelli dovevano essere i giorni piú felici della sua vita. Ma lo sarebbero stati se si fosse affacciata al balcone di uno chalet svizzero, o in un malinconico cottage scozzese, con un marito vestito di velluto nero. Charles era piatto come un marciapiede. Quando abitava a Rouen, non era mai stato a teatro. Non sapeva nuotare né tirare di scherma o con la pistola. Non sapeva niente, non voleva niente... La credeva felice e lei lo odiava per quella tranquillità.

Charles rientrava tardi la sera. Non aveva cenato, e siccome la governante era già a letto, lo serviva Emma. Le elencava tutti quelli che aveva incontrato, i paesi che aveva visitato, le ricette che aveva prescritto, soddisfatto di sé. Mangiava di gusto, poi andava a letto e cominciava a ronfare, con in testa una berretta di cotone. Si svegliava coi capelli spiaccicati sulla faccia, imbiancati dai piumini sfuggiti dal guanciale slacciatosi durante la notte.

Portava sempre dei ridicoli stivali, dicendo che andavano benissimo per la campagna.

Anche la sua passione non era poi cosí grande: ormai la baciava a orari fissi, un'abitudine come le altre.

Un guardacaccia le aveva regalato una cucciola di levriero italiano; Emma l'aveva chiamata Djali e la portava con sé nelle sue passeggiate.

I suoi pensieri giravano a caso, come la cagnolina, che correva nei campi abbaiando alle farfalle, cacciando i toporagni e addentando i papaveri. Poi le idee si precisavano, ed Emma si chiedeva: «Perché, buon Dio, mi sono sposata?»

Se le cose fossero andate diversamente, avrebbe forse incontrato un altro uomo, bello, intelligente, distinto, come i mariti delle sue

ex compagne di collegio. Chissà cosa facevano? Erano in città, tra il chiasso dei teatri e gli splendori dei balli, a far la bella vita. E invece la sua vita era fredda come un granaio.
Chiamava Djali e, accarezzandole il muso, diceva: – Da' un bacetto alla padrona, tu che non hai dispiaceri.
A casa, sprofondava in poltrona e per tutta la sera non apriva bocca.
Ma, a fine settembre, nella sua vita accadde qualcosa di straordinario: fu invitata alla Vaubyessard, dal marchese di Andervilliers.

## capitolo 4

# IL BALLO

Il marchese, nel cuore dell'estate, aveva sofferto di un ascesso in bocca, da cui Charles l'aveva liberato con un miracoloso colpo di bisturi. Il suo amministratore, inviato a pagare, raccontò di aver visto nel giardino del medico delle magnifiche ciliegie. E siccome i ciliegi della Vaubyessard crescevano a fatica, il marchese chiese a Bovary qualche ramoscello per innestarli. Poi, andò di persona a ringraziarlo. Vide Emma e trovandola graziosa, educata e tutt'altro che provinciale, invitò la giovane coppia al castello.

I signori Bovary salirono sul carrozzino, carico di un gran baule e di una cappelliera, e giunsero alla Vaubyessard al calar della notte, mentre nel parco iniziavano ad accendere i lampioni.

Il castello svettava in fondo a un grande prato. Tra gli alberi, pascolavano alcune mucche. C'erano arbusti ai lati del sentiero, un fiumicello che scorreva sotto un ponte, capanne sull'erba, dolci pendii coperti di boschi, rimesse e scuderie.

Il carrozzino si fermò davanti allo scalone: comparvero alcuni domestici e il marchese offrí il braccio alla signora Bovary.
Oltre il vestibolo, da una porta aperta, proveniva il suono delle biglie della sala da biliardo. Quando Emma l'attraversò per andare in salone, vide, intenti al gioco, uomini eleganti, che sorridevano silenziosi. Alle pareti, c'erano grandi quadri di nobili imparruccati, con cornici dorate e nomi a caratteri neri.
Il marchese aprí la porta del salone; la marchesa in persona andò incontro a Emma, la fece sedere su un divanetto, e si mise a chiacchierare come se fossero vecchie amiche. Una giovane donna bionda sedeva accanto a lei su una sedia. Vicino al caminetto, alcuni uomini, con un fiore all'occhiello, parlottavano con delle signore.

A cena, Emma fu investita da una folata di profumi. C'erano candelabri e mazzolini di fiori e piatti decorati, gamberi dalle zampe rosse, cestini di frutta, e quaglie fumanti. Il maggiordomo passava tra le spalle dei convitati i piatti con le carni già tagliate.
Seduto a capotavola, col tovagliolo al collo come un bambino, un vecchio si sbrodolava coi sughi delle vivande. Era il suocero del marchese, il duca di Laverdière, che era stato l'amante della regina Maria Antonietta. Emma ne fu irresistibilmente attratta: lui aveva vissuto a corte e si era coricato in letti di regine!
Servirono champagne. Emma fremette quando ne sentí il gelo sulle labbra. Non conosceva le melagrane né l'ananas.

Dopo cena, le signore salirono in camera per prepararsi al ballo. I pantaloni di Charles avevano la cintura troppo stretta.

– Le staffe mi daranno fastidio, per ballare.

– Ballare? – disse Emma. – Vuoi renderti ridicolo? Resta seduto. È piú dignitoso per un medico.

Charles aspettò che fosse pronta. Indossava un abito color zafferano, drappeggiato di roselline. La baciò su una spalla.

– Lasciami, – disse Emma, – mi sciupi il vestito.

Una nota di violino giunse fino a loro, col suono di un corno. Le danze erano cominciate con una quadriglia. C'era ressa, ma Emma trovò un cavaliere. Aveva il batticuore mentre la teneva per la punta delle dita, in attesa del colpo di archetto che dava inizio alla danza. L'emozione svaní. Ondeggiando al ritmo dell'orchestra, Emma scivolò in avanti muovendo lievemente il capo.

A pochi passi da lei, un gentiluomo parlava dell'Italia con una pallida fanciulla ingioiellata. Con l'altro orecchio, Emma ascoltava una conversazione piena di parole incomprensibili: un altro giovane aveva battuto, la settimana precedente, Miss Arabelle e Romulus, e aveva guadagnato duemila luigi saltando un fosso in Inghilterra.

In quella realtà sfolgorante, la vita di un tempo, cosí nitida fino a un attimo prima, si dissolveva senza traccia, tanto da farle dubitare di averla vissuta. Emma era lí: oltre la sala da ballo non esisteva che il buio. Assaporava un gelato al maraschino in una conchiglia dorata, con gli occhi socchiusi.

Dopo cena, le carrozze iniziarono ad andarsene. Le luci delle lanterne scivolavano nel buio. I divani erano vuoti; solo qualche giocatore si tratteneva ancora ai tavoli. I musicisti si rinfrescavano la punta delle dita con la saliva; Charles era mezzo addormentato, con la schiena appoggiata contro una porta.

Alle tre del mattino incominciò il cotillon. Emma non sapeva ballare il valzer, ma uno dei ballerini, chiamato da tutti il Visconte, la invitò, assicurandole che se la sarebbe cavata benissimo.

Ballarono adagio, e poi sempre piú in fretta, tutto girava intorno a loro: lampade, mobili, pareti e pavimento. Trascinandola in un ritmo sempre piú rapido, il Visconte svaní con lei in fondo alla galleria, dove Emma si sentí cadere e per un attimo gli appoggiò il capo sulla spalla. Poi sempre girando, ma piú lentamente, la condusse al suo posto; Emma si abbandonò e si coprí gli occhi con una mano.

Vi furono altri balli, e brevi conversazioni. Poi, dopo i saluti, o meglio, il buongiorno, gli ospiti andarono a dormire.

– Mi sembra che le gambe mi rientrino nel corpo, – disse Charles, trascinandosi per le scale.

Aveva passato cinque ore in piedi accanto a un tavolo, a osservare i giocatori di whist, senza capirci niente. Sospirò di sollievo quando poté togliersi le scarpe.

Gettandosi uno scialle sulla schiena, Emma aprí la finestra e si affacciò. La notte era buia. Cadeva qualche goccia di pioggia. Inspirò

il vento umido che le rinfrescava le palpebre. Con la musica ancora nelle orecchie, si sforzava di tenersi sveglia e prolungare l'illusione di quella vita lussuosa che avrebbe dovuto lasciare cosí presto.
Albeggiava. Emma guardò le finestre del castello, cercando di capire dove fossero le camere di quelli che piú l'avevano colpita durante la festa. Avrebbe voluto conoscere le loro vite, farne parte, confondervisi.
Rabbrividiva di freddo. Si rannicchiò sotto le coperte contro Charles che dormiva.

La colazione durò dieci minuti, e non si servirono liquori, con stupore di Charles. Poi la signorina di Andervilliers raccolse briciole di ciambella per portarle ai cigni del laghetto e andarono a passeggiare nelle serre. Per divertire Emma, il marchese l'accompagnò nelle scuderie. Sopra le mangiatoie, su piccole targhe di porcellana, c'era scritto il nome dei cavalli. Ogni animale si agitava nel suo stallo quando gli passavano vicino, e l'uomo schioccava la lingua.
Intanto, Charles aveva pregato un domestico di preparargli un carrozzino. Lo trovarono davanti allo scalone e, non appena tutti i pacchi furono sistemati, i Bovary salutarono i marchesi.
Emma, silenziosa, guardava girare le ruote. Alle colline di Thibourville incrociarono alcuni cavalieri che ridevano e fumavano sigari. Emma credette di riconoscere il Visconte; si voltò, ma non vide che l'altalenare delle teste al galoppo all'orizzonte.

Poco piú avanti, furono costretti a fermarsi per aggiustare l'imbracatura che si era rotta. Charles vide qualcosa in terra; lo raccolse: era un portasigari ricamato, di seta verde, con uno stemma al centro.

– Ci sono anche due sigari! Questi me li fumo dopo cena.

– Ma tu fumi? – chiese Emma.

– Quando mi capita... – rispose Charles.

A casa, il pranzo non era ancora pronto. Emma s'infuriò, e Nastasie le rispose con insolenza.

– Se ne vada! – gridò Emma. – Questo è prendere in giro, è licenziata!

– Com'è bello ritrovarsi a casa propria! – disse Charles, fregandosi le mani di fronte alla zuppa di cipolle e al vitello all'acetosella.

In cucina, Nastasie singhiozzava. Charles le era affezionato, perché l'aveva accudito e gli aveva fatto compagnia per tante sere quand'era rimasto vedovo. Era la prima persona che aveva conosciuto lí.

– Ma l'hai licenziata davvero?

– Sí, chi me lo impedisce? – rispose Emma.

Andarono in cucina a scaldarsi. Charles si mise a fumare, sputando ogni minuto e allontanando il fumo con la mano.

– Ti farà male, – disse Emma sdegnosamente.

Charles corse a bere un bicchiere d'acqua alla pompa. Emma afferrò il portasigari e lo gettò in fretta in fondo a un cassetto.

capitolo 5

# LA NOIA

L'indomani, Emma guardò sbalordita tutte le vecchie cose che conosceva tanto bene. Com'era lontana la festa al castello! Quell'evento aveva aperto una voragine nella sua vita. Chiuse nel cassettone l'abito da sera e le scarpine di raso. Ogni mercoledí, svegliandosi, si diceva: «Ah! Otto giorni fa... quindici giorni fa... tre settimane fa ero laggiú!»

Tutto le si confuse nella memoria, ma il rimpianto non la lasciò.

Spesso tirava fuori il portasigari. Ne aspirava l'odore di verbena e tabacco. Di chi era? Del Visconte. Un regalo della sua amante. Emma era a Tostes, il Visconte a Parigi. Che nome pieno di promesse! Le risuonava nelle orecchie come le campane di una cattedrale, ardeva sulle etichette dei vasetti delle creme.

La notte, quando i pescivendoli passavano sotto le sue finestre, si svegliava e diceva: – Domani saranno laggiú! – Li seguiva col pensiero, oltre i villaggi, sulla via maestra alla luce delle stelle.

Comprò una piantina di Parigi: scorrendo il dito sulla carta, immaginava di fare lunghe passeggiate nella capitale.
Si abbonò a un giornale femminile, il «Cestino», e allo «Spirito dei salotti». Divorava tutte le cronache cittadine. Si teneva al corrente sulla moda. Studiava gli arredamenti descritti nei romanzi. Portava i libri anche a tavola e li sfogliava mentre suo marito, mangiando, cercava di conversare.
Parigi, piú vasta di un oceano, scintillava agli occhi di Emma, avvolta in un'aria purpurea. Gli ambasciatori si muovevano nei saloni, le donne portavano sottovesti dall'orlo ricamato, e gli uomini sfiancavano i loro cavalli, sposavano ricche ereditiere. Nei ristoranti, dopo mezzanotte, i poeti e le attrici cenavano a lume di candela.
Emma era in visibilio. Confondeva la sensualità del lusso con le gioie piú intime, l'eleganza delle abitudini con le delicatezze del sentimento. Nella sua testa, i sospiri alla luna, i lunghi abbracci, le lacrime e gli ardori non erano pensabili senza i balconi dei castelli, le tende di seta e i tappeti, i letti troneggianti, lo scintillio delle pietre preziose e i galloni delle livree.
Invece lei, come valletto, aveva uno stalliere che portava grossi zoccoli e un camiciotto lacero. Strigliata la cavalla, se ne andava; toccava a Charles riportarla nella scuderia!
Al posto di Nastasie, Emma prese con sé una giovane orfana, per farne la sua cameriera. Félicité obbediva senza brontolare per non essere licenziata; e siccome Emma, la sera, non chiudeva mai la

credenza, la ragazza si prendeva una bella dose di zucchero e se la mangiava a letto.

Emma indossava una vestaglia, una camicetta dai bottoni d'oro, un paio di pantofole color granato. Aveva comprato della carta da lettere, un portapenne e delle buste, benché non dovesse scrivere a nessuno. Si guardava allo specchio, prendeva un libro, lo mollava. Voleva viaggiare o tornare in collegio. Voleva morire o abitare a Parigi.

Intanto, Charles cavalcava per la campagna. Mangiava la frittata coi contadini, infilava il braccio in letti bagnati, ascoltava rantoli, esaminava catini, sollevava biancheria sporca, ma a casa, la sera, lo aspettavano il fuoco, la tavola, e una moglie graziosa e profumata, che lo affascinava con le sue raffinatezze.

A Rouen, alcune signore avevano dei ciondoli appesi all'orologio; subito Emma comprò dei ciondoli. Mise sul caminetto due vasi di vetro azzurro e, tempo dopo, una scatola da lavoro in avorio con un ditale d'oro. Di fronte a tali finezze, Charles andava in sollucchero.

Era in buona salute, e i contadini gli volevano un gran bene. Accarezzava i bambini, non andava mai all'osteria e ispirava fiducia. Aveva una gran paura di mandare il suo prossimo al Creatore e perciò prescriveva solo pozioni calmanti, un emetico, un pediluvio o dei salassi. Ma la chirurgia non lo spaventava! Salassa-

va chiunque con facilità, e aveva una forza infernale nel cavare i denti. Per tenersi aggiornato, si abbonò all'«Alveare medico»; lo leggeva dopo cena, ma, tra il tepore della casa e la fatica della digestione, in cinque minuti si addormentava.
Emma lo guardava. Perché non aveva almeno per marito uno di quei gran lavoratori che, da vecchi, ricevono la Legion d'Onore? Avrebbe voluto che il nome Bovary fosse noto in tutta la Francia. Ma lui non aveva ambizioni! Un collega lo aveva mortificato al capezzale di un paziente, davanti ai parenti riuniti. Quando lo raccontò, Emma si accalorò molto contro il collega. Lui la baciò piangendo. Ma lei lo avrebbe preso volentieri a schiaffi.
«Che disgraziato!» pensava.
A volte però Emma gli parlava dei libri che aveva letto. In fondo, Charles era un buon ascoltatore. Esattamente come la cagnolina, i ceppi del caminetto e il bilanciere della pendola.

In fondo al cuore, sperava sempre. Come i marinai in pericolo, cercava una vela all'orizzonte. Non sapeva cosa fosse, ma ogni mattina sperava che arrivasse; poi, a sera, sempre piú triste, desiderava fosse già domani.
Tornò primavera. Emma soffocava. Da luglio, contò quanti giorni mancavano a ottobre, sperando che il marchese la rinvitasse alla Vaubyessard. Ma fu delusa, e la monotonia ricominciò.

Non studiò piú la musica. Chi l'avrebbe ascoltata? Dato che non avrebbe mai potuto esibirsi a un concerto, su un pianoforte di lusso, non ne valeva la pena. Mollò anche il disegno e il ricamo. Tanto, cucire la innervosiva.

– Ho già letto tutto, – si diceva.

E restava vicino al camino o a guardare la pioggia.

Fu un inverno freddo. All'alba, i vetri erano gelati e la luce biancastra rimaneva cosí per tutta la giornata. Alle quattro era già buio.

Soprattutto all'ora dei pasti, sentiva di non poterne piú. La stufa fumava, la porta cigolava, i muri trasudavano e i pavimenti erano umidi: le sembrava che tutto l'agrore della sua vita le venisse servito nel piatto e, come il fumo del bollito, le salivano dall'anima altrettante zaffate di noia.

Charles mangiava con lentezza, Emma sgranocchiava qualche nocciolina o si divertiva a disegnare linee con la punta del coltello sulla tela cerata.

Trascurava del tutto la casa e la suocera, giunta a Tostes per la quaresima, ne fu sorpresa. Infatti, la nuora, un tempo tanto scrupolosa, passava le giornate senza vestirsi, portava calze di cotone grigio e si faceva luce con la candela. Emma le diceva che bisognava fare economia, diceva di sentirsi felicissima, e che Tostes le piaceva un mondo.

Diventò capricciosa. Ordinava per sé cibi che poi non toccava nemmeno, un giorno beveva solo latte e il giorno dopo dozzine di tazze di tè. Si ostinava a non uscire di casa e subito dopo si sentiva soffocare. Dopo aver strapazzato la domestica, le faceva dei regali. Gettava ai poveri tutte le monete che aveva nel borsellino.

A febbraio, papà Rouault portò al genero una tacchina e si fermò tre giorni. Fumò in camera, sputò sugli alari, parlò di colture, bestiame e consigli municipali; tanto che Emma, quando chiuse la porta dietro di lui, fu cosí soddisfatta da stupirsi di se stessa.

A volte manifestava opinioni bizzarre, biasimava ciò che era approvato da tutti e giudicava benevolmente perversità e immoralità da tutti deplorate. Charles la guardava con tanto d'occhi.

Quanto sarebbe durata quella misera esistenza? Perché doveva toccare proprio a lei? Alla Vaubyessard aveva visto duchesse piú grasse e piú volgari.

Impallidiva, soffriva di palpitazioni. Charles le prescrisse una cura, ma serví solo a farla innervosire.

A volte parlava con un'irruenza febbrile, e poi cadeva in un torpore muto e immobile. Si rianimava solo versandosi sulle braccia un intero flacone di acqua di Colonia.

Quel continuo lagnarsi di Tostes suggerí a Charles che i malori potevano dipendere dal luogo, e valutò se andare a stabilirsi altrove.

Da allora, Emma si mise a bere aceto per dimagrire, si prese una tossettina secca e perse del tutto l'appetito.

A Charles dispiaceva molto lasciare Tostes, ma se era indispensabile!... A Rouen, fece visitare Emma dal suo ex maestro, che diagnosticò una forma nervosa e consigliò un cambiamento d'aria.
Charles venne a sapere che vicino a Neufchâtel c'era un borgo chiamato Yonville-l'Abbaye, rimasto senza medico. Scrisse al farmacista chiedendo informazioni. Le risposte furono soddisfacenti e si decise cosí di traslocare, se la salute di Emma non fosse migliorata.
Un giorno Emma, riordinando un cassetto in previsione del trasloco, si punse un dito. Era un filo di ferro del suo bouquet di nozze. I fiori erano gialli di polvere. Lo gettò nel caminetto. Prese fuoco piú in fretta della paglia secca. Emma restò a guardarlo mentre bruciava.
Quando partirono da Tostes, nel mese di marzo, la signora Bovary era incinta.

## capitolo 6

# YONVILLE

Yonville era noto per i pessimi formaggi e le coltivazioni impossibili; servivano infatti palate di concime per quelle terre di sabbia e di pietre. Il mercato, una tettoia di tegole, occupava metà della piazza. Il municipio era una specie di tempio greco, di fianco alla casa del farmacista Homais. La farmacia era di fronte all'albergo del Leon d'Oro. Non c'era molto altro da vedere, a parte il cimitero. Il guardiano ci coltivava le patate.

Quella sera, la padrona dell'albergo era indaffarata con le casseruole. Il farmacista si scaldava contro il caminetto, con in faccia un'espressione soddisfatta.

– Quel biliardo non regge piú, signora Lefrançois, – ripeteva. – E oggi gli appassionati vogliono buche strette e stecche pesanti. Bisogna essere all'altezza dei tempi!

– Andiamo, signor Homais! Finché ci sarà il Leon d'Oro, la gente ci verrà, – sbottò l'ostessa. – Ma quel lumacone di Hivert, arriva o no?

Hivert era il cocchiere della Rondine, la diligenza di Yonville. Arrivò tardi, quando il signor Homais aveva già sparlato dell'esattore Binet e dell'abate Bournisien, esponendo le sue idee sulla religione. Ma la padrona non l'ascoltava piú: la carrozza si era fermata davanti al portone.

Hivert era in ritardo perché la cagnolina di Emma era scappata nei campi. L'avevano cercata inutilmente. Lei aveva pianto, accusando Charles della disgrazia. Il signor Lheureux, negoziante di stoffe, che viaggiava con loro, aveva cercato di consolarla, citandole casi esemplari di cani tornati dai padroni.

Il signor Homais porse i suoi omaggi alla signora, i suoi complimenti al marito, si dichiarò lietissimo di incontrarli. La sua cordialità era interessata: riceveva illegalmente pazienti nel retrobottega! Se fosse stato gentile con Charles si sarebbe guadagnato la sua gratitudine e, se mai si fosse accorto di qualcosa, avrebbe taciuto.

Emma entrò nella cucina dell'albergo. Il fuoco la rischiarava tutta. Dall'altro lato del camino, un giovane biondo la guardava.

Si chiamava Léon Dupuis, e cenò volentieri con loro.

– La signora sarà stanca, – disse il farmacista.

– È vero, – rispose Emma, – ma è bello cambiare città.

– Non si può stare sempre chiusi nello stesso posto! – sospirò Léon. – Io, a volte, vado in un luogo chiamato il Pascolo, a guardare il tramonto.

– Non c'è niente di piú bello, soprattutto in riva al mare, – disse Emma.
– Adoro il mare, – esclamò Léon. – E la montagna, poi! Sono luoghi entusiasmanti. Un celebre musicista suonava il pianoforte di fronte a questi paesaggi.
– Che musica preferisce? – chiese Emma.
– Quella che fa sognare.
E cosí, i due scoprirono di avere tante cose in comune.

Charles era triste: la clientela non si faceva vedere. Lo preoccupava la situazione finanziaria. L'unico pensiero lieto era la gravidanza della moglie. Man mano che la data si avvicinava, la amava sempre di piú. Emma voleva un maschio; l'avrebbe chiamato Georges e un maschio era quasi una rivincita di tutti i suoi fallimenti. Un uomo almeno è libero, una donna, invece, è continuamente bloccata.
Partorí una domenica all'alba.
– È una bambina! – disse Charles.
Emma voltò la testa e svenne.
Durante la convalescenza, dedicò molto tempo alla scelta del nome. Ricordò che alla Vaubyessard c'era una giovane Berthe; la scelta era fatta!
Un giorno Emma andò a vedere Berthe, che era a balia da mamma Rollet. Ma camminando si sentí debole. Da una porta vicina, uscí Léon.

La signora Bovary disse che andava a trovare sua figlia, ma si sentiva stanca.

– Ha qualche impegno? – chiese.

Lo pregò di accompagnarla.

La piccola Berthe dormiva in una culla di vimini, sul pavimento. La madre la prese in braccio e si mise a ninnarla cantando sottovoce. Poi Berthe rigurgitò sul bavaglino, ed Emma la posò.

Liberatasi della balia, si riappoggiò al braccio di Léon. Si fissò sul suo abito di velluto nero, i capelli ben pettinati, le unghie lunghe e curate.

Tornarono a Yonville parlando di una compagnia di ballerini spagnoli che si sarebbe esibita a Rouen.

– Andrà a vederli? – chiese Emma.

– Se mi sarà possibile, – rispose Léon.

Non avevano altro da dire? Eppure si sentivano presi da uno stesso languore.

Piú tardi, Léon salí al Pascolo. Si sdraiò sull'erba a guardare il cielo. Gli abitanti di Yonville lo annoiavano. Tra essi, spiccava il viso di Emma, isolato e lontano. Ma tra loro esisteva un abisso!

A volte Emma e Charles facevano serata in casa del farmacista. Non era affollata: la sua maldicenza e le sue opinioni politiche avevano allontanato da lui molte persone rispettabili.

Il farmacista e il medico giocavano a domino mentre Emma sfogliava una rivista. Léon le era vicino. Dopo la partita, Charles e il farmacista si addormentavano davanti al camino. Allora Léon e Emma parlottavano, e la conversazione era piú dolce perché nessuno l'ascoltava.

Si scambiavano libri e romanzi. Charles non ci faceva caso.

Una sera, rientrando, Léon trovò in camera un tappeto di velluto, regalo di Emma. Tutti vollero vederlo, ma perché lei gli faceva dei regali? Si convinsero che fosse la sua buona amica.

Léon lo lasciava supporre: parlava sempre di lei! Spesso si incamminava, deciso a dichiararsi; ma, davanti a lei, la sua fermezza svaniva.

Quanto a Emma, evitava di chiedersi se lo amasse. Ma qualcosa cambiò.

Una domenica di febbraio, i Bovary, Homais e Léon erano andati a visitare, nella campagna innevata, una filatura di lino in costruzione. Il farmacista aveva portato con sé i figli.

Emma guardava il sole splendere debolmente; poi guardò Charles: aveva il berretto calcato sulla testa, e i labbroni tremanti lo rendevano ancora piú stupido.

Poi guardò Léon. I suoi grandi occhi azzurri le sembrarono piú belli e piú limpidi di quei laghi di montagna in cui si specchia il cielo.

– Disgraziato! – gridò a un tratto il farmacista.

E corse dal figlio che si era precipitato su un mucchio di calce per tingersi di bianco le scarpe. Per ripulirle, ci sarebbe voluto un coltello: Charles offrí il suo.

«Ah! – pensò Emma. – Porta il coltello in tasca come un contadino!»

Cadeva una guazza gelata, e tornarono tutti a Yonville.

Quella sera, Emma ripensò a Léon.

«È affascinante! Amerà una donna? – si chiese. – E chi?... Può amare soltanto me!»

In un lampo, tutte le prove si spiegarono davanti a lei e il cuore le balzò.

La sera seguente, udí dei passi sulle scale: era Léon. Prese un mucchio di strofinacci a cui si doveva fare l'orlo. Quando entrò, sembrava molto occupata.

La conversazione si trascinava, Emma taceva spesso e Léon era molto imbarazzato.

«Povero ragazzo!» pensava lei.

«In che cosa le dispiaccio?» si chiedeva lui.

Léon finí col dire che, uno di quei giorni, si sarebbe recato a Rouen per un affare riguardante lo studio.

– Il suo abbonamento agli spartiti musicali è scaduto, glielo devo rinnovare?

– No, – disse Emma.

– Perché?

– Non ho tempo per la musica. Ho già la casa a cui badare, devo occuparmi di mio marito, e di mille altre cose.

Guardò la pendola. Charles era in ritardo. Si atteggiò allora alla moglie in ansia. Ripeté due o tre volte:

– È tanto buono!

Mantenne lo stesso atteggiamento nei giorni che seguirono: cambiò i discorsi, le maniere, tutto. Tolse Berthe alla balia: la bambina era la sua consolazione! E ritornò ad accudire amorevolmente il marito.

Léon era annientato.

«Come potevo illudermi di arrivare fino a lei?»

Abbandonò ogni speranza.

Ma lei era piena di rabbia. Era innamorata di lui! Il suono dei suoi passi le faceva palpitare il cuore. Quando partiva, era affranta, versava fiumi di lacrime.

– State male! Bisogna dirlo al dottore! – diceva Félicité.

– Sono i nervi, – rispondeva Emma. – Non gliene parlare.

– Ah, sí, – riprendeva Félicité, – lei è proprio come la Guérine, la figlia del pescatore di Pollet. La sua malattia era una nebbia che aveva in testa. Poi, dopo sposata, le è passata, dicono.

– Per me, – diceva Emma, – è cominciata dopo il matrimonio.

Ad aprile fu presa dallo struggimento, e andò a confessare i suoi turbamenti all'abate Bournisien, ma lui era troppo occupato a rincorrere i monelli del catechismo. A casa, col cuore in tumulto, scacciò la piccola Berthe che voleva abbracciarla. La bambina cadde e si ferí. Sentendosi in colpa, Emma rimase a vegliarla per ore.

«È strano, – pensava, fissando il cerotto sulla guancia di Berthe, – come sia brutta questa bambina».

Intanto, Léon era stanco di quell'amore senza risultato. Avrebbe dovuto finire gli studi a Parigi. Perché non ci andava subito? Avrebbe fatto una vita d'artista! Scrisse a sua madre una lunga lettera, esponendo le ragioni che lo spingevano a partire. La madre acconsentí.

Nei preparativi per il viaggio, ebbe appena il tempo di andare a salutare il signor Bovary.

Quando entrò, Emma si alzò d'impeto.

– Vostro marito non c'è? – chiese Léon.

– È fuori, – disse lei, seccamente.

Si guardarono in silenzio. I loro pensieri angosciati sembravano stringersi in un abbraccio.

– Vorrei dare un bacio a Berthe, – disse Léon.

Emma chiamò Félicité, che portò la bambina. Léon la baciò piú volte sul collo.

– Addio, povera cara!

La riconsegnò a sua madre.

– Portala via, – disse Emma alla domestica.

Restarono soli.

Emma, di spalle, teneva il viso appoggiato a un vetro della finestra.

Léon batteva adagio contro una gamba il berretto che aveva in mano.

– Pioverà, – disse Emma.

– Ho un soprabito, – rispose lui.

– Ah!

– Addio, allora! – sospirò Léon.

Emma rialzò la testa bruscamente.

– Sí, addio... andate!

Si mossero uno verso l'altra: lui tese la mano, la signora Bovary esitò.

– Bene, salutiamoci come gli inglesi, – disse e gli abbandonò la sua, con un riso forzato.

Sentendola tra le dita, Léon si rese conto che tutto il suo essere si concentrava in quel palmo umido.

Poi aprí la mano, i loro sguardi si incontrarono un'ultima volta e lui uscí.

Il signor Homais venne, come al solito, alle sei e mezzo, mentre cenavano.

– Bene, – disse, sedendosi, – abbiamo appena imbarcato il nostro giovanotto!

– Povero Léon! – diceva Charles. – Come se la caverà a Parigi? Ci si abituerà?

La signora Bovary sospirò.

Parlarono un po' delle distrazioni di Parigi, concludendo che il giovane non si sarebbe guastato. Poi, Homais si congedò.

– Avete saputo la notizia? – disse, prima di uscire.

– Quale?

– È assai probabile, – rispose Homais, solennemente, – che le assemblee agricole della Senna Inferiore quest'anno si tengano a Yonville!

## capitolo 7

# L'AMANTE

L'indomani fu tristissimo. Maledizione a lei! Perché non aveva trattenuto Léon con tutte le sue forze?

Il suo ricordo era un fuoco che le riscaldava i giorni. Ma il combustibile presto si esaurí, e l'amore si spense. Emma sentí che il dolore non avrebbe mai avuto fine.

Siccome avrebbe offerto la sua vita a quel dolore, poteva pure permettersi qualche capriccio. Comprò un inginocchiatoio gotico e un abito di cachemire azzurro. Accettò da Lheureux una sciarpa: il mercante le disse che gliel'avrebbe pagata poi. Cambiò pettinatura e volle imparare l'italiano.

Ma non combinò nulla.

Era sempre pallidissima, sveniva: un giorno ebbe uno sbocco di sangue. Charles si spaventò. Di fronte alla sua noncuranza, si chiuse nello studio e pianse. Chiese aiuto alla madre per farla ragionare, ma la donna finí per litigare con la nuora.

Poi, successe qualcosa.

Fu un mercoledí, giorno di mercato. Un signore elegante bussò alla porta. Si chiamava Rodolphe Boulanger de la Huchette, e al suo servo occorreva un salasso. Per l'abbondante trasfusione, il servo venne meno. E Justin, l'allievo del signor Homais, che era lí per aiutare Charles, svenne a sua volta per l'impressione.

Il farmacista arrivò apposta per rimproverarlo.

– Stupidone, sciocco a lettere maiuscole!

Ma, nel trambusto, il signor Rodolphe aveva notato Emma.

«È molto carina! – si disse, tornando. – Occhi neri, piedi minuti e una figuretta da parigina. Il marito è uno scemo, e lei ne è certo stufa. Brama l'amore come una carpa su un tavolo di cucina brama l'acqua».

L'amante di Rodolphe, un'attrice di Rouen, stava ingrassando troppo. Emma era piú fresca. E quella carnagione chiara! Adorava le donne con la pelle chiara.

– Oh! L'avrò! – disse, e con il bastone frantumò una zolla di terra.

Ebbero inizio le famose assemblee. Il municipio era inghirlandato, c'era una tenda sul prato e tutti aspettavano il signor prefetto che doveva premiare alcuni agricoltori.

La signora Bovary, con un cappello verde, dava il braccio al signor Boulanger, camminando sull'erba. Qua e là erano spuntate le margherite.

– Se le cogliessi, cosa pensereste?
– Siete innamorato? – chiese Emma.
– Chi lo sa? – rispose Rodolphe.
Il prato cominciava ad affollarsi. Giudicavano i capi di bestiame.
– Ah, la mediocrità della provincia, – disse Rodolphe. – Mi dà una malinconia tremenda.
– Mi sembravate cosí felice! – si stupí Emma.
– È solo una maschera. A volte, vorrei essere già morto! Non ho amici, nessuno si preoccupa per me.
– Non mi sembrate tanto da commiserare, – obiettò Emma. – In fondo, siete libero... e ricco!
– Non prendetemi in giro, – rispose Rodolphe.
Rimbombò un colpo di cannone. In fondo alla piazza comparve la carrozza del prefetto.
Rodolphe, con la signora Bovary, salí al primo piano del municipio, nel salone del consiglio.
– Da qui, possiamo goderci lo spettacolo.
Prese degli sgabelli e li mise accanto alla finestra. Sedettero uno vicino all'altra.
C'era gran movimento sulla tribuna. Il prefetto si alzò e cominciò a leggere alcuni fogli.
– È meglio che mi sposti un po' piú indietro, – disse Rodolphe. – Dovrei essere giú con loro, potrebbero vedermi dal basso... e ho già una cattiva reputazione!

– Voi vi calunniate! – disse Emma.
– No, no, è proprio pessima, ve lo assicuro, – disse Rodolphe.
– Del resto, le anime dolenti vogliono sogno e azione, passioni e piaceri travolgenti, perciò si gettano in ogni sorta di follia.
Emma lo guardò incantata.
– Noi povere donne non possiamo permetterci simili distrazioni!
– Distrazioni ben tristi, perché senza felicità.
– Ma esiste la felicità?
– Certo! Si può incontrarla, nella vita. Accade all'improvviso, ed è come se una voce gridasse: «Eccola!» Si sente il bisogno di confidarsi con una certa persona, di sacrificarle tutto.
Lasciò cadere la mano su quella di Emma, che la ritrasse. Intanto il prefetto continuava a parlare di doveri.
– Ah! I doveri! – disse Rodolphe. – Il dovere è capire cosa è grande, scegliere il bello, odiare le convenzioni! Le passioni sono la cosa piú bella sulla terra, le sorgenti dell'eroismo, della poesia, della musica, di tutto!
– Ma bisogna obbedire alla morale, – disse Emma.
– Ci sono due morali. Una è quella degli imbecilli lí sotto, e l'altra è quella eterna, – sussurrò Rodolphe. – I benpensanti condannano i sentimenti piú nobili! Se due povere anime si incontrano, tramano contro di loro. Eppure, non importa quando, i due riusciranno ad amarsi, perché il destino ha voluto cosí!

Emma sentí il profumo della sua pomata per capelli. Lo stesso profumo della barba del Visconte alla Vaubyessard.
– Noi due, per esempio, – diceva Rodolphe, – perché ci siamo conosciuti? Quale fato lo ha voluto?
Riprese la mano di lei, che non la ritirò. La sentí calda come una tortorella prigioniera.
Un colpo di vento proveniente dalla finestra smosse il tessuto sulla tavola.
Le dita si intrecciarono.

La riunione finí, la folla si disperse. Dopo il banchetto, ci furono i fuochi d'artificio. Emma si rannicchiava contro la spalla di Charles, seguendo la scia luminosa dei razzi. Rodolphe la contemplava da lontano.
I fuochi si spensero, le stelle scintillarono. Caddero poche gocce di pioggia. Emma si annodò una sciarpa sul capo scoperto.

Rodolphe non si fece piú vivo per settimane, pensando che la smania di rivederlo la facesse innamorare ancora di piú. Quando la vide, entrando in salotto, capí di non aver sbagliato i calcoli, perché Emma impallidí.
– Emma... – disse, fissandola intensamente.
– Signore! – disse lei, scostandosi.
– Ah, vedete? – si rattristò lui. – Avevo ragione a non tornare, non

posso nemmeno pronunciare questo nome. Voi siete la signora Bovary! Il nome di un altro!

Lei nascose il viso fra le mani.

– Penso a voi senza posa! Ah, perdonatemi! Addio! Non sentirete piú parlare di me! Ma non potevo resistere al sorriso di un angelo!

Emma si crogiolava a quelle parole.

– Ogni notte, mi alzavo, arrivavo fin qui, – mentí Rodolphe. – Ah! Lei non sospettava neppure che qui vicino ci fosse un povero infelice...

– Oh! Com'è buono lei! – singhiozzò Emma.

– No, io l'amo, ecco tutto! E lei lo sa! Mi dica una sola parola, una parola soltanto!

Allora, Charles entrò.

– Buongiorno, dottore, – disse Rodolphe, ricomponendosi. – La signora mi parlava della sua salute...

Infatti Charles era molto preoccupato. I suoi malori erano ricominciati.

Rodolphe chiese se l'equitazione avrebbe potuto giovarle.

– Sarebbe perfetto! Emma! Dovresti seguire questo consiglio.

Emma obiettò di non avere un cavallo, il signor Rodolphe gliene offrí uno. Lei rifiutò.

Quando furono soli, Charles le chiese: – Perché non accetti l'offerta del signor Boulanger? È molto gentile.

Emma mise il broncio, trovò mille scuse, e disse che la cosa poteva sembrare strana.
– Me ne infischio! – disse Charles. – La salute innanzitutto.
– Già, ma come posso montare a cavallo se non ho una tenuta da amazzone?
– Ne ordineremo una!
L'abito da amazzone la convinse.

Cavalcarono fino alla collina. Emma scorse i tetti di Yonville. Il povero villaggio non le era mai sembrato tanto piccolo. Quando entrarono nel bosco, apparve il sole.
– Andiamo avanti! – disse Rodolphe.
Fece schioccare la lingua. Le due bestie partirono al galoppo.
Nel folto, smontarono e Rodolphe legò i cavalli. Condusse Emma in una radura. Sedettero su un tronco e lui le parlò del suo amore.
Quando Emma si alzò per andarsene, l'afferrò per il polso.
– Non ne parliamo piú, – disse, commossa. – Dove sono i cavalli? Torniamo.
Rodolphe non protestò, le diede il braccio e si incamminarono. Ma poi tornò alla carica.
– Perché non vuole essere il mio angelo?
E le cinse la vita.
Emma tentò di liberarsi, ma senza energia.
La condusse lontano, vicino a uno stagno.

– Faccio male, faccio male! – diceva Emma. – Sono pazza a seguirvi.
– Perché? Emma!... Emma!
– Oh, Rodolphe! – sussurrò lentamente la signora, e gli si abbandonò.

Scendevano le ombre della sera. Il silenzio avvolgeva tutto. Emma ascoltava il battito del proprio cuore.
Tornarono a Yonville per la stessa strada. Ogni tanto, Rodolphe le baciava la mano.
A cena, Charles trovò che aveva una bella cera. Le disse che le aveva comprato una puledra.
– Ho fatto bene? – disse. – Pensavo di farti piacere...
Emma gli diede un cenno d'assenso. Non appena si fu sbarazzata di lui, si chiuse in camera. Vedeva gli alberi, i sentieri, i fossati, Rodolphe, sentiva le sue braccia intorno a sé, mentre le foglie fremevano e il vento sibilava tra i giunchi.
– Ho un amante! Un amante! – L'idea la deliziava, era come una seconda adolescenza. Ricordò le eroine dei libri, quelle donne infedeli che sentiva sorelle. Dopo tanto dolore, aveva trionfato, aveva trovato l'amore!
L'indomani, tornò nel bosco con Rodolphe. Si scrissero tutte le sere. Emma metteva le proprie lettere tra le pietre della terrazza in fondo al giardino. Rodolphe veniva a prenderle e ne lasciava di sue. Emma le rimproverava sempre di essere troppo brevi.

Un mattino che Charles era uscito di buon'ora, attraversò il fiume, entrò non vista in casa di Rodolphe e scivolò in camera sua.
– Tu qui! – disse lui, svegliandosi. – Come hai fatto?... Hai l'abito bagnato!
Da allora, ogni volta che Charles usciva presto, Emma andava a casa di Rodolphe. Era come l'arrivo della primavera.
Un giorno, però, vedendola giungere all'improvviso, lui si rabbuiò.
– Cos'è che ti turba? – chiese Emma.
Serio in volto, le fece osservare che quelle visite erano imprudenti e che avrebbe finito col compromettersi.

I timori di Rodolphe la contagiarono. Ricevette una lettera dal padre, che aveva dei guai con la fattoria, e si doleva di non aver ancora visto la nipotina. Emma si commosse e andò ad abbracciare la bimba.
– Sei il mio amore, piccola cara!
Con Rodolphe, in seguito, si mostrò fredda e sdegnosa. Cominciava a pentirsi. Si chiese perché mai detestasse tanto Charles e desiderò poter amare suo marito.
Fu il farmacista a offrirle una soluzione.

Charles aveva letto di un nuovo metodo per la cura dei piedi storpi, come quello del povero Hippolyte, il mozzo di stalla del Leon d'Oro. Se Charles lo avesse guarito, il ragazzo lo avrebbe raccontato a tutti i viaggiatori di passaggio, e la sua reputazione sarebbe aumentata.

Charles si lasciò convincere dal farmacista e dalla moglie. Studiò il piede equino, il piede storto in dentro, il piede valgo e tutte le malformazioni del piede, mentre il signor Homais convinceva Hippolyte a farsi operare, suggerendogli che con un piede sano avrebbe avuto piú successo con le donne.

Dato che era un piede equino, bisognava recidere il tendine d'Achille. Charles incise la pelle, si sentí uno scricchiolio. L'operazione era finita! Sistemò la gamba del paziente in un apparecchio meccanico, fabbricato dal falegname e dal fabbro sotto la direzione del farmacista, che scrisse anche un articolo sul «Faro di Rouen» per esaltare l'impresa.

Ma cinque giorni dopo, Hippolyte si torceva, in preda a convulsioni atroci, tanto che batteva contro il muro l'apparecchio che gli imprigionava la gamba come per sfondarlo.

Toltogli l'apparecchio, quasi si spaventarono. Il piede era gonfio da scoppiare! Lo lasciarono libero per qualche ora, ma poi glielo richiusero, stringendolo di piú per dare un'accelerata alla cosa.

Tre giorni dopo, Hippolyte era allo stremo. Quando lo liberarono, videro che la faccenda stava prendendo una brutta piega.

La cancrena salí sempre piú. Charles si stava ammalando, tanto se ne crucciava.

Chiamarono il dottor Canivet di Neufchâtel, che disse senza mezzi termini che bisognava amputare, sfogandosi col farmacista contro gli asini che avevano potuto ridurre un poveraccio in quello stato.
Homais soffriva ma, per ragioni di opportunità, non prese le parti di Bovary.
Il giorno dell'amputazione, quest'ultimo non osò uscire di casa. Stava seduto in salotto, vicino al caminetto spento, la testa bassa, le mani giunte e gli occhi fissi. Emma lo guardava, chiedendosi come avesse potuto pensare che un uomo simile valesse qualcosa.
La sera, quando Rodolphe entrò in giardino, trovò l'amante che l'aspettava.

Continuarono ad amarsi, finché Emma, sospirando, gli disse che avrebbero potuto andare a vivere altrove.
– Sei pazza! – rise lui. – Ti pare possibile?
Emma, però, tornò sull'argomento. La sua tenerezza per l'amante aumentava ogni giorno, di pari passo con la ripugnanza per il marito.
– Non ne posso piú! Salvami! – diceva in lacrime, stringendosi a Rodolphe. – Rapiscimi!... Te ne supplico!
– E tua figlia?
Emma rifletté un attimo. – Pazienza, la porteremo con noi.
Fissarono il giorno della fuga. Lei avrebbe detto che sarebbe an-

data a Rouen per commissioni. Rodolphe avrebbe prenotato i posti, chiesto i passaporti, scritto a Parigi per una vettura diretta fino a Marsiglia, dove avrebbero preso un calesse per andare a Genova. Lui rimandò il piú possibile, ma infine giunse l'antivigilia della partenza.

– Sei pronto? – chiese Emma.

– Sí! – disse lui, ma lei notò che era triste.

– ... È perché te ne vai? Lasci la tua vita?... Io non ho niente al mondo, tu sei tutto per me. E io sarò tutto per te, sarò la tua famiglia, la tua patria!

– Come sei bella! – disse lui, abbracciandola.

Le disse che l'amava.

Suonò la mezzanotte.

– A domani allora! – disse Emma con un'ultima carezza.

Restò a guardarlo mentre si allontanava.

Sull'altra riva, Rodolphe si fermò.

– Che imbecille che sono! – esclamò. – Peccato, era proprio deliziosa! Non è possibile che io vada all'estero, con un bambino, poi... Le complicazioni, le spese... Ah, no, no, mille volte no! Sarebbe un errore madornale!

A casa, scrisse una lettera piena di frottole.

*Coraggio, Emma! Dovete avere coraggio! Non voglio essere la rovina della vostra esistenza... Addio!*

– Come mi firmo? Vostro devotissimo... No. Il vostro amico?... Sí, cosí va bene. *Il vostro amico.*
Mise la lettera sul fondo di un paniere di albicocche e ordinò di portarlo alla signora Bovary.
– Glielo manda il padrone, – disse il messo.
Emma si sentí afferrare dall'ansia. Svuotò il paniere, trovò la lettera, l'aprí e fuggí atterrita.
Si rifugiò in solaio. Rilesse la lettera con risatine sarcastiche, alla finestra dell'abbaino. Perché non farla finita? Si sporse, guardando il selciato.
«Avanti! Fallo!»
– Emma! Emma! – gridò Charles. – Dove sei? Vieni!
Si immobilizzò.
Dovette scendere, dovette mettersi a tavola!
Cercò di mangiare, ma i bocconi la soffocavano.
– A quanto pare non rivedremo piú il signor Rodolphe, – disse Charles. – Deve partire per un viaggio.
Félicité serví le albicocche. Charles, senza notare il rossore della moglie, ne prese una e l'addentò.
– Oh! Ottime! – commentò. – Assaggiale.
– Soffoco! – gridò lei alzandosi di scatto. – Non è niente... sono i nervi. Siediti e mangia!
All'improvviso, un tilbury attraversò la piazza. Era Rodolphe che partiva per chissà dove.

Emma lanciò un grido e svenne.

Piú tardi era a letto, bianca come una statua. Dagli occhi, due lacrime scendevano adagio sul guanciale.

capitolo 8

# ALL'OPERA

La convalescenza fu lunga. Emma restava a letto a fare spuntini, e chiacchierava con Félicité, rassegnata alla quotidianità. Il curato Bournisien veniva a informarsi sulla sua salute, le chiedeva di avere fede. Ne fu confortata. Un giorno chiese di fare la comunione. Si sentí scomparire nell'amore per Dio, come l'incenso si dissolve in fumo. Volle diventare santa: comprò rosari, indossò medagliette, desiderò al capezzale del letto un reliquiario incrostato di smeraldi.

Il curato la ammirava, benché la sua religione sfiorasse l'eccentricità e l'eresia. Le procurò dei libri. Emma non era ancora abbastanza lucida per concentrarsi su una qualsiasi cosa, e li sfogliò con troppa precipitazione. Le sembravano cosí ignari della vita da allontanarla dalla fede. Ma non mollò e, lasciando cadere il libro, le sembrava di provare la piú soave malinconia cattolica.

Quanto al ricordo di Rodolphe, lo aveva riposto in fondo al cuore e là restava, piú solenne di una mummia in un sotterraneo. Ebbe eccessi di carità. Cuciva abiti per i poveri, mandava legna alle partorienti e un giorno Charles, rientrando, trovò tre balordi in cucina a mangiare la minestra.

Insegnò a leggere alla bambina. Berthe piangeva a dirotto, ma Emma non si irritava piú: era di un'indulgenza universale.

La madre di Charles, che era andata a trovarli, non aveva niente da ridire, salvo forse su quella mania di confezionare camiciole per gli orfani invece di rammendare gli stracci di casa. Ma restò fino a Pasqua, per evitare papà Bovary, che, tutti i venerdí santi non mancava mai di mangiarsi un salsicciotto.

A primavera, Emma si dimostrò sempre piú decisa man mano che si ristabiliva. Congedò tutte le visitatrici, e smise quasi di recarsi in chiesa, con l'approvazione del signor Homais, che, affettuoso, le disse:

– Meno male! Stavate diventando un po' bigotta!

Scandalizzando il curato Bournisien, il farmacista consigliò a Charles di portare la moglie a Rouen a sentir cantare Lagardy, il notissimo tenore.

I due uomini battibeccarono, ma l'idea dello spettacolo si radicò in Charles; lo disse subito alla moglie, che rifiutò, usando la stanchezza come scusa; ma, cosa strana, lui non cedette, convinto che quella distrazione le avrebbe giovato.

Partirono l'indomani.

– Buon viaggio, felici mortali! – sospirò il farmacista.

Poi, avvicinandosi a Emma, che indossava un abito di seta azzurra, aggiunse: – È bella come un amore! Farà furore a Rouen.

La Rondine giunse all'albergo della Croce Rossa. Emma comprò un cappello, dei guanti e dei fiori.

Charles era preoccupato di non arrivare in tempo; giunsero alle porte del teatro quando erano ancora chiuse.

Nel vestibolo, Emma fu presa dal batticuore. Salendo lo scalone dei primi posti sorrise di vanità, e si sedette nel palco come una duchessa.

Si spensero le luci. In un bailamme di suoni, il sipario si alzò, mostrando un bosco. Si udí una canzone di caccia. Emma ricordò le letture giovanili, sentí cornamuse echeggiare nelle brughiere. Sul palco, una giovane donna cantava le sue pene e desiderava volare. Anche Emma avrebbe voluto fuggire dalla vita.

Poi apparve Lagardy, gettando sguardi languidi e scoprendo i denti bianchi.

La folla era pazza di lui. Abbracciava la donna, la lasciava, tornava disperato: si infuriava, sospirava e le copriva la gola di baci.

Emma si sporgeva per vederlo, graffiando con le unghie il velluto del palco.

Alla fine dell'atto, Charles era confuso.

– Perché quel signore la perseguita?

– Ma no, – sbottò lei, – è il suo amante!

– Ah! – disse Charles. – Eppure... mi sembrava...

Al secondo atto, confessò di non capirci nulla, la musica copriva le parole.

– Non importa, – disse Emma, – taci!

Lagardy la guardava, ne era sicura! Voleva gettarsi tra le sue braccia, gridargli: «Rapiscimi! Portami con te!»

Calò il sipario.

L'aria era soffocante, Emma ricadde sulla poltrona.

Charles corse a prenderle un'orzata.

Quando tornò, trafelato, lei disse: – Indovina chi ho incontrato? Il signor Léon! Verrà a salutarti.

Léon entrò nel palco.

– Ah! Buonasera... Come? Lei qui?

– Silenzio! – gridò una voce, perché il terzo atto era iniziato.

Ma Emma non ascoltava piú. Pensava solo a Léon. Era dietro di lei, ne sentiva il respiro attraverso i capelli. Lui propose di andare a prendere un gelato.

– No, restiamo! – disse Charles. – La donna ha i capelli sciolti, ci sarà una scena tragica.

– Grida troppo, – notò Emma. – La sua recitazione è esagerata.

– Fa un caldo... – disse Léon.

– Insopportabile! – terminò Emma.

– Ti dà fastidio? – chiese Bovary.

– Sí, soffoco: andiamo.

All'aria aperta, Léon raccontò di essersi trasferito da Parigi a Rouen per far pratica in un importante studio e chiese della gente di Yonville.
A Charles dispiaceva di aver abbandonato lo spettacolo, perché cominciava a divertirsi.
– Ce ne sarà un altro quanto prima, – disse Léon.
Ma i Bovary sarebbero partiti l'indomani.
– A meno che tu, gattina, – soggiunse Charles, – non voglia restare qui.
– È che... – balbettò lei. – Non so bene...
Si separarono da Léon mentre l'orologio della cattedrale suonava le undici e mezzo.

L'indomani, Léon entrò all'albergo della Croce Rossa. Emma non si scompose nel vederlo.
– Dunque, siete rimasta, – disse lui.
– Sí, – disse lei, – e ho sbagliato. Non è bene abituarsi agli svaghi quando vi sono mille altre esigenze...
– Oh, immagino...
– Eh, no. Non potete, perché non siete una donna!
– Anche gli uomini hanno i loro dispiaceri, – osservò lui.
Fecero riflessioni filosofiche. Emma parlò della miseria degli affetti e della solitudine del cuore.
– Scusate, – disse, – vi annoio!

– No, affatto! – ribatté Léon. – Anch'io ho sofferto! La mia ossessione non mi ha mai lasciato. A Parigi, in un negozio, c'era una stampa raffigurante una musa. Vi somigliava...

Emma si voltò per nascondere un sorriso.

– Vi scrivevo e strappavo le lettere, – continuò lui. – Ho creduto di riconoscervi agli angoli delle strade... Una sera ho scritto il mio testamento, chiedendo che da morto mi avvolgessero nel tappeto che mi avete regalato.

– Perché? – disse Emma.

– Perché?... Perché vi ho amata molto!

Restò in attesa.

Infine, Emma rispose: – L'ho sempre saputo... – E gli tese la mano. Léon, rapidissimo, vi incollò le labbra. – Ebbene?... – disse poi. – Perché non ricominciamo?

– No, amico mio, – rispose Emma. – Dimenticatemi! Dobbiamo essere saggi. Desidero cosí!

Diceva sul serio? Lei stessa non lo sapeva.

– Ah! Perdonatemi! – disse Léon, scostandosi.

Emma era molto tentata di baciargli le guance. Si chinò verso la pendola come per vedere l'ora.

– È tardi! Quanto abbiamo chiacchierato!

Lui capí e cercò il cappello.

– E mi sono anche dimenticata lo spettacolo!

L'occasione era persa, perché sarebbe partita l'indomani.

– Davvero? – chiese Léon. – Lasciate che vi riveda... una volta sola!
– E va bene... – acconsentí lei. – Domani alle undici, nella cattedrale.
La sera, Emma gli scrisse un'interminabile lettera in cui si disimpegnava dall'appuntamento. Ma, quando la chiuse, si accorse di non avere il suo indirizzo.
– Gliela consegnerò io stessa, – concluse.
L'indomani, nella cattedrale, Léon le corse incontro.
– Leggete! – gli disse lei, porgendogli il foglio. Poi si mise a pregare nella cappella della Vergine. O si sforzava di pregare. Il silenzio non faceva che aumentare il tumulto nel suo cuore.
Stavano per andarsene quando lo scaccino si avvicinò.
– La signora non è di queste parti, vero? Vuole vedere le curiosità della chiesa?
– Eh, no! – esclamò Léon.
– Perché no? – disse Emma.
Scalpicciando, Léon fu costretto a sorbirsi i discorsi della guida. Alla fine, esasperato, tirò fuori una moneta dalla tasca e afferrò Emma per un braccio.
– Ehi! signore! Dovete ancora vedere il campanile! – gli urlò dietro lo scaccino. – È alto poco meno della grande piramide egiziana!
Léon tirò dritto.
– Ma dove andiamo? – chiese Emma.
Senza rispondere, Léon chiamò una carrozza.

– È molto sconveniente!– disse lei, ritrosa.

– A Parigi si usa, – ribatté il giovane.

E quelle parole la convinsero.

– Dove andiamo, signore? – chiese il cocchiere.

– Dove vuole! – disse Léon.

E la carrozza partí. Andò fino alla stazione, seguí il fiume, uscí dalla città. Tornò indietro senza meta. Il cocchiere gettava sguardi disperati. Non capiva quale furia spingesse quei passeggeri a non volersi piú fermare.

Nel pomeriggio, in aperta campagna, sotto il sole, una mano nuda si sporse dalle tendine e gettò dei pezzetti di carta che si dispersero al vento come farfalle bianche, su un campo di trifoglio rosso in fiore.

capitolo 9

# IL GRANDE AMORE

Quando tornò a Yonville, Félicité l'aspettava davanti a casa del farmacista. – Signora, passate subito dal signor Homais. Deve dirvi una cosa.

Emma scorse tutti gli Homais, grandi e piccoli, con grembiuli e forchette, e Justin a testa bassa, con il farmacista che urlava: – Chi ti ha detto di andarla a cercare nel cafarnao?

– Cosa succede?

– Cosa succede? – rispose lui. – Siccome le marmellate traboccavano gli ho detto di trovare un'altra pentola e lui, per pigrizia, prende la chiave del cafarnao appesa nel mio laboratorio.

Homais chiamava cosí il suo ripostiglio. Per lui era un vero santuario.

– La chiave del cafarnao! Ma lo sai cosa hai rischiato? Nell'angolo a sinistra, sopra il terzo scaffale, c'è la bottiglia di vetro blu. Lo sai cosa c'è dentro? Arsenico! Potevi avvelenarci tutti!

E i bambini si misero a urlare, come se già avessero sentito atroci dolori di pancia.

– Ma insomma, signore, – disse Emma, – mi dovevate dire...

– Ah, sí!... Vostro suocero è morto!

Conoscendo la sensibilità di Emma, Charles l'aveva pregato di comunicarle la notizia con le dovute cautele. Lui aveva preparato un bel discorso, un capolavoro di delicatezza. Ma la collera aveva mandato tutto all'aria.

Emma lasciò subito la farmacia.

Charles l'accolse a braccia aperte: – Ah! Mia cara amica...

– L'ho saputo...

Charles le mostrò la lettera in cui la madre narrava la disgrazia.

A cena, per convenienza, finse di non avere fame, ma siccome Charles insisteva, si mise a mangiare.

Lui sospirò: – Avrei voluto rivederlo!

Emma si rese conto che avrebbe dovuto dire qualcosa. – Quanti anni aveva tuo padre?

– Cinquantotto.

– Ah!

E fu tutto.

Bovary non si alzò quando tolsero la tovaglia. Ed Emma neppure, ma, continuando a vederselo davanti, non provò piú alcuna pietà. Le sembrò un pover'uomo, e nient'altro.

L'indomani arrivò la suocera. Lei e il figlio piansero a lungo. Charles pensava al padre. Sua madre pensava al marito. Emma pensava che, solo due giorni prima, lei e Léon erano insieme, lontani dal resto del mondo.

Arrivò il signor Lheureux.

– Le faccio mille scuse, – disse il mercante di stoffe. – Vorrei parlarle in privato, signor Bovary. È per quell'affare...

Charles arrossí. – Sí... giusto. Non potresti, mia cara...?

Emma annuí.

Quando furono soli, Lheureux parlò di cose indifferenti, e disse che Charles era un brav'uomo, benché tra loro fosse sorta qualche difficoltà.

Emma chiese lumi.

– Ma lo sapete! – disse Lheureux. – Quei vostri capricci, i bauli...

Si riferiva ai bauli e ad altre cose costose che Emma gli aveva ordinato per la fuga d'amore con Rodolphe. Charles gli aveva firmato una cambiale. Ma subito dopo, per pagare altre spese, si era fatto prestare mille franchi. Lheureux gli aveva portato i soldi e dettato un'altra cambiale.

Charles gliene aveva accennato quand'era malata, ma Emma non ascoltava.

– Possiamo rinnovare la cambiale, – disse Lheureux, accomodante. – Ma vostro marito ha altro per la testa... potrebbe rilasciarvi una procura, per comodità; e noi potremmo fare qualche affaruccio...

Emma non capiva.

Lui disse che le avrebbe fornito un taglio di bella stoffa nera, per farsi un abito. – Quello lí non va bene per uscire. Ce ne vuole uno per le visite. L'ho visto subito, quando sono entrato. Ho l'occhio americano, io.

Quando la suocera fu partita, Emma mostrò tutto il suo senso pratico. Si offrí di informarsi della situazione finanziaria del signor Bovary padre. Charles si vide sottoporre un modello di procura generale per «amministrare gli affari, contrarre prestiti, firmare e girare cambiali, pagare somme ecc...»

Ingenuamente, le chiese da dove venisse quel documento.

– Dal notaio Guillaumin, – disse Emma. E, con incredibile faccia tosta, soggiunse: – Ma non mi fido. I notai hanno una cattiva reputazione! E noi non conosciamo nessuno...

– A meno che Léon... – rifletté Charles.

Ma era cosí difficile intendersi per lettera! Doveva andare a Rouen.

Emma esclamò: – No, caro, non puoi! Ci vado io.

– Come sei buona! – disse lui, baciandola in fronte.

Il giorno dopo, Emma andò a Rouen per consultare il signor Léon. Si trattenne tre giorni.

Furono tre giorni squisiti, una luna di miele. Alloggiavano all'Hôtel de Boulogne, sul porto. Verso sera, andavano in barca a cenare su un'isola. Si abbracciavano sull'erba, e, come due Robinson, avrebbero voluto restare lí per sempre. Ripartivano al calar della notte. Una volta apparve la luna, e le dedicarono frasi poetiche. Emma si mise a cantare.

Léon trovò sul fondo della barca un nastro di seta.

– Ah! Deve averlo perduto, l'altra notte, qualcuno di quella comitiva... – disse il barcaiolo. – Uomini e donne, con dolci, champagne, trombe. Una gran sarabanda! Ce n'era uno proprio divertente! Gli dicevano: «Raccontaci qualcosa... Adolphe... Dodolphe...» si chiamava cosí.

Emma rabbrividí.

– Tutto bene? – chiese Léon.

Gli addii furono tristi. Léon doveva indirizzare le proprie lettere per lei a mamma Rollet.

– Sicura di star bene? – le chiese con l'ultimo bacio.

– Sí, certo.

«Ma perché poi, – pensò, rimasto solo, – ci tiene tanto a questa procura?»

Léon non poteva stare senza di lei e un giorno tornò a Yonville. Mangiò dalla signora Lefrançois. Poi bussò alla porta del medico. Bovary fu felice di vederlo, ma non si mosse di casa fino al giorno seguente.

Léon vide Emma da sola soltanto la sera tardi, nel vicolo, sotto un temporale.

La separazione era intollerabile.
– Meglio la morte! – diceva Emma, in lacrime.
– Quando ti rivedrò?
Lei gli promise di trovare presto il sistema per vedersi una volta alla settimana.
Comprò varie stoffe da Lheureux. Non riusciva piú a fare a meno dei suoi servigi. Lo mandava a chiamare venti volte al giorno.
E fu presa da un insolito ardore musicale.
Una sera, mentre Charles l'ascoltava, ricominciò daccapo quattro volte lo stesso brano.
– Brava! Continua!
– Oh, no! È orribile! Ho le dita arrugginite.
Anche lui dovette ammettere che era un po' fuori esercizio. Confondeva le battute, incespicava.
– Avrei bisogno di lezioni, ma... Venti franchi all'ora, è troppo caro!
– Sí, infatti, è un po' caro... – disse Charles con un risolino sciocco.
Il giorno dopo, rientrando, la guardò con l'aria di chi la sa lunga.
– Cosa vai a metterti in testa! La signora Liégeard di Barfeuchères mi ha assicurato che le sue ragazze prendono lezioni per cinquanta soldi all'ora.
Emma alzò le spalle e non riaprí piú il pianoforte.
Ma tutte le volte che passava vicino allo strumento (se Bovary era nella stanza) diceva sospirando: – Ah! Il mio povero piano!

Se venivano visite, diceva sempre di essere stata costretta ad abbandonare la musica. Che peccato, dicevano tutti. Lei che aveva un cosí grande talento!

Il farmacista accusò Charles: – Bisogna sempre coltivare i doni della natura, amico mio. Dovrebbe farla studiare!

– Se tu volessi... – le disse poi Charles. – Una lezione ogni tanto non ci manderà in rovina.

– Ma le lezioni sono efficaci se sono frequenti, – ribatté lei.

E cosí ottenne il permesso di andare in città una volta alla settimana per vedere l'amante.

Prendeva lezione al giovedí. Si alzava e si vestiva zitta zitta. Poi, con la Rondine, andava a Rouen. Svoltando in una via, riconosceva subito Léon dai capelli ricci sotto il cappello. Lo seguiva fino all'albergo; Léon saliva, apriva la porta, entrava... Che abbraccio!

Dopo i baci, le parole, come un fiume. Si raccontavano i dispiaceri della settimana, le ansie per le lettere; ma in quei momenti tutto era dimenticato, si guardavano negli occhi, tra risa e tenerezza.

Léon assaporava per la prima volta le squisitezze dell'eleganza femminile. Non aveva mai incontrato quella grazia nel parlare, quella discrezione nel vestire, quegli atteggiamenti da colomba. E il suo umore mutevole suscitava in lui mille desideri. Era l'amante celebrata in tutte le opere letterarie.

Ma soprattutto, era un angelo.

Emma lo chiamava «piccolo».

– Mi ami, piccolo?

E quasi non riusciva a sentire la risposta, perché subito lui la baciava.

Poi andava dal parrucchiere. Era sera. Tornava all'albergo della Croce Rossa; riprendeva le soprascarpe che aveva nascosto al mattino sotto una panca e si rannicchiava al suo posto sulla Rondine.

Charles l'aspettava a casa. Finalmente Emma arrivava. Abbracciava appena la piccola. La cena non era ancora pronta, ma lei non se la prendeva. Non rimproverava neppure la domestica.

Spesso, Charles, notando il suo pallore, le chiedeva se si sentisse male.

– No, – rispondeva Emma. – Non è nulla!

Spesso diceva a Léon con voce dolce: – Ah! Un giorno mi lascerai... Ti sposerai... Sarai anche tu come gli altri.

– Quali altri?

– Come tutti gli uomini, insomma. Siete tutti infami!

Per impressionarlo, si inventò che era stata con un capitano di marina.

Léon sentí allora quanto era modesta la sua posizione e rimpianse di non avere spalline, croci, titoli. Queste cose dovevano piacerle, lo si vedeva dalle sue abitudini munifiche.

Spesso, quando parlavano di Parigi, Emma finiva col mormorare:
– Ah! Come potremmo vivere bene laggiú!
– Ma non siamo felici anche qui? – rispondeva lui.
– Ma certo, – diceva lei, – sono pazza: baciami!

Si comportava col marito in maniera deliziosa: gli preparava creme al pistacchio, e gli suonava valzer dopo cena. Charles si sentiva il piú fortunato dei mortali.
Ma una sera le chiese: – È la signorina Lempereur a darti lezioni, vero?
– Sí.
– Strano. Le ho parlato di te, ma non ti conosce.
Emma incassò il colpo e rispose con naturalezza: – Senza dubbio ha dimenticato il mio nome!
– Forse ci sono a Rouen, – meditò il medico, – altre signorine Lempereur che danno lezioni.
– Può darsi! – rispose Emma. – Del resto, ho le sue ricevute. Aspetta. Te le mostro.
E finse cosí bene di non riuscire a trovarle che Charles le disse di non darsi pena.
Quel venerdí, comunque, infilandosi uno stivale, Charles sentí un foglio tra il cuoio e la calza, lo prese e lesse: *Ricevo, per tre mesi di lezioni, la somma di sessantacinque franchi. Félicie Lempereur, insegnante di musica.*

– Come diavolo è finito nei miei stivali?

– Sarà caduto, – rispose Emma.

Da allora la sua vita fu un cumulo di menzogne. Se affermava di essere passata dal lato destro della strada, bisognava credere che fosse passata da quello sinistro.

capitolo 10

# L'USURAIO

Un giorno, il signor Lheureux la incontrò mentre usciva dall'Hôtel de Boulogne sottobraccio a Léon ed Emma si spaventò, temendo che il mercante avrebbe potuto chiacchierare. Ma lui non era cosí stupido.

Tre giorni dopo, entrò nella camera di Emma e, chiudendo la porta dietro di sé, disse: – Avrei bisogno di soldi.

Lei disse che non ne aveva. Lheureux si lamentò, ricordandole tutti i piaceri che le aveva fatto.

Delle due cambiali firmate da Charles, Emma ne aveva pagata soltanto una.

Quanto all'altra, il mercante l'aveva sostituita con altre due, rinnovate a lunghissimo termine.

Si tolse di tasca una lista di merci non pagate: tende, tappeti, stoffe e diverse altre cose, per un valore di circa duemila franchi.

– Se non ha soldi, ha però dei beni.

E accennò a una casetta situata a Barneville, che fruttava ben poco.
– Fossi in voi, me ne libererei e mi terrei la differenza in denaro. Del resto... non avete la procura?
La frase colpí Emma come un soffio di aria fresca.
– Lasciatemi la lista! – disse.
– Non è il caso! – rispose Lheureux.
Tornò la settimana successiva. Qualcuno aveva adocchiato la proprietà.
– Il prezzo non importa! – esclamò Emma.
Bisognava pazientare, invece, e tastare il terreno. Se ne sarebbe occupato lui. Al ritorno, annunciò che il compratore aveva offerto quattromila franchi.
Emma incassò felice metà della somma, e, quando volle saldare il conto, il mercante le disse: – È un peccato privarsi cosí di tutto, in una volta sola.
Emma guardò le banconote, sognando il numero infinito di incontri con Léon che esse rappresentavano.
– Ma come posso fare? – balbettò.
Lheureux mise in tavola quattro cambiali da mille franchi ognuna.
– Firmate queste, e tenetevi tutto.
Emma protestò scandalizzata.
Lheureux scrisse in fondo alla lista: *Ricevuti dalla signora Bovary, quattromila franchi.*
– Perché preoccuparsi? Entro sei mesi riceverete la rimanenza della

vendita della casetta, e io ho fissato la scadenza dell'ultima cambiale dopo il pagamento...

Confusa da tutti quei calcoli, Emma sentiva un tintinnio, come una cascata di monete d'oro che rimbalzava tutto intorno a lei.

Lheureux disse di avere un amico a Rouen che gli avrebbe scontato le quattro cambiali, e poi lui stesso le avrebbe consegnato l'eccedenza del debito reale.

Ma, invece di duemila, ne portò mille e ottocento, perché l'amico ne aveva trattenuti duecento di commissione.

Poi chiese, senza darvi peso, una quietanza.

– Voi capite... Nel commercio... E la data, per favore, la data.

Un orizzonte di capricci appagati si aprí davanti a Emma.

Quante pazzie, nei giorni successivi, all'albergo con Léon! Emma rise, pianse, cantò, ballò, mangiò gelati, fumò sigarette, stravagante, adorabile, meravigliosa.

Erano per lei giorni di festa, e li voleva splendidi! Quando Léon non poteva pagare, cioè quasi sempre, contribuiva lei. Léon suggerí che sarebbero stati bene in un albergo piú modesto, ma lei non volle sentire ragioni.

Léon non capiva perché si gettasse cosí su quei piaceri. Pensava si comportasse in modo strano. Tra l'altro, qualcuno si era preso la briga di scrivere a sua madre una lettera anonima, per avvertirla che il figlio si stava perdendo con una donna sposata. E subito sua madre,

temendo uno scandalo, scrisse al principale di Léon. Quest'ultimo, con molto tatto, gli parlò per tre quarti d'ora, cercando di aprirgli gli occhi. Un tale imbroglio avrebbe potuto nuocere alla sua posizione. Léon aveva giurato che non avrebbe piú rivisto Emma, e ora si rimproverava di non avere mantenuto la parola. Stava per diventare primo assistente, doveva mettere la testa a posto.
Ora si sentiva infastidito quando Emma d'improvviso si metteva a singhiozzare sul suo petto, e si assopiva nell'indifferenza alle manifestazioni di un amore che non apprezzava piú.
Emma capí che qualcosa era cambiato, ma non smise di scrivergli lettere, convinta che una donna non possa fare a meno di scrivere al proprio amante. Ma, scrivendo, aveva davanti l'immagine di un uomo diverso, un fantasma fatto dei piú ardenti ricordi, delle letture piú belle, dei desideri piú accesi.

Un giorno, quando Emma tornò a casa, Félicité le mostrò un foglio. Vi lesse: *In virtú della copia della sentenza esecutiva...*
Quale sentenza? Il giorno prima avevano in effetti portato un altro documento, di cui Emma non era a conoscenza, perciò restò stupefatta da quelle parole:
*Intimazione in nome del Re, della Legge, della Giustizia alla signora Bovary...*
Saltando molte righe scoprí che: *Entro il termine perentorio di ventiquattr'ore, pagare la somma totale di ottomila franchi.*

E piú sotto ancora: *Vi sarà costretta a norma di legge e in particolare per mezzo del sequestro esecutivo di mobili ed effetti di sua proprietà.* Che fare?... Entro ventiquattr'ore, l'indomani! Lheureux, pensò, voleva spaventarla.

Andò da lui con aria disinvolta: – Sapete cos'ho ricevuto? Non può essere che uno scherzo!

– No.

– Come?

Lheureux si voltò adagio. – Voi pensate davvero, mia gentile signora, che sarei stato nei secoli dei secoli il vostro fornitore e banchiere per misericordia divina? Bisognerà pure che a un certo punto rientri in possesso dei miei capitali!

Emma protestò per l'entità del debito.

– Ah, peggio per voi! C'è la sentenza del tribunale! Ve l'hanno notificata!

Emma menava il can per l'aia, non ne aveva saputo niente... era stata una vera sorpresa...

– E chi ne ha colpa? – disse Lheureux, sarcastico. – Mentre io sgobbo come uno schiavo, voi vi date alla bella vita.

– Ah! Non mi fate la morale!

– Questo non nuoce mai, – ribatté lui.

Emma allora divenne vile, lo supplicò e addirittura gli appoggiò la graziosa mano bianca sul ginocchio.

– Andiamo, lasciatemi! Diranno che volete sedurmi!

– Siete un miserabile! – gridò lei. – Farò sapere a tutti che tipo siete. Dirò a mio marito...

– Bene, mostrerò anch'io qualcosa a vostro marito!

E tirò fuori la ricevuta di mille e ottocento franchi che Emma gli aveva rilasciato tempo prima.

– Crede che non si accorgerà del vostro piccolo furto, il povero caro uomo?

Emma si accasciò, distrutta.

– Non è un divertimento, lo so, – disse Lheureux, – ma nessuno è mai morto per cosí poco, e del resto è l'unico modo per restituirmi il denaro che mi dovete...

– Ma dove potrò trovare tutti questi soldi? – disse lei.

– Ah! Be', quando si hanno amici come i vostri...

E la fissava con uno sguardo cosí terribile che Emma rabbrividí e disse: – Vi prometto, firmerò...

– Ne ho abbastanza delle vostre firme!

– Venderò ancora...

– Andiamo! – disse lui, alzando le spalle. – Ma se non avete piú niente!

– Ma se vi portassi alcune migliaia di franchi, un quarto, un terzo della somma, quasi tutto?

– È inutile.

La spingeva adagio verso la scala.

– Vi scongiuro, signor Lheureux, qualche giorno ancora.

Singhiozzava.

– Ah, bene! Adesso anche le lacrime!

– Mi porterete alla disperazione!

– Non mi importa, – disse lui, sbattendo la porta.

capitolo 11

# L'ARSENICO

L'indomani il signor Hareng, l'usciere, si presentò con due testimoni per scrivere il verbale di pignoramento. Contarono i piatti in cucina, le pentole, le sedie e tutti i soprammobili. Esaminarono gli abiti, la biancheria e tutta la vita della signora Bovary sembrò un cadavere a cui si facesse l'autopsia.

Infine, i tre se ne andarono. In soffitta restò il custode degli oggetti pignorati.

La sera, Charles sembrava pensieroso. Emma lo teneva d'occhio, angosciata.

A un certo punto, il custode fece rumore.

– C'è qualcuno di sopra? – disse Charles.

– No, – disse Emma, – è solo il vento.

Partí per Rouen l'indomani, chiedendo soldi ai banchieri che conosceva. Rifiutarono tutti, qualcuno le rise in faccia.

Si precipitò da Léon. – Ho bisogno di ottomila franchi!

– Sei pazza?

Gli raccontò la storia del sequestro.

– Come vuoi che faccia?... – disse Léon.

– Quanto sei vigliacco! – esclamò lei.

– Forse non è cosí grave, – disse lui, scioccamente. – Forse, con un migliaio di scudi, Lheureux tornerà ragionevole.

– Va'! Prova! Ti amerò ancora di piú!

Léon uscí, tornò dopo un'ora. – Sono stato da tre persone... inutilmente!

Restarono seduti, l'uno di fronte all'altra, in silenzio.

– Al tuo posto, io li avrei trovati! – mormorò Emma.

– E dove?

– Al tuo studio!

Il giovane si sentí debole sotto lo sguardo infernale di quella donna che lo spingeva al crimine.

Ebbe paura e, per trarsi d'impiccio, si batté la fronte esclamando:

– Il mio collega, Morel! Non mi rifiuterà un piacere. Ti porterò il denaro domani.

Emma non sembrò accogliere con gioia questa nuova speranza.

Léon arrossí. – Ora devo andare, scusami. Addio!

Le strinse la mano, ma la sentí inerte.

Alle quattro, Emma si alzò come un automa per tornare a Yonville.

L'indomani, le voci sulla piazza la svegliarono. C'era gran ressa per leggere un affisso.
Entrò Félicité. – Signora! È terribile!
Le tese un foglio che aveva appena staccato dalla porta. Emma vi lesse che tutti i suoi mobili erano in vendita.
Su consiglio di Félicité, andò da Guillaumin e gli espose la lunga storia delle cambiali, ma il notaio già la conosceva, essendo legato in segreto a Lheureux. Quando lei gli chiese mille scudi, cincischiò.
– Come mai non vi siete rivolta a me prima?
– Non lo so, – disse Emma.
– Vi sono però assai devoto, spero che non ne dubitiate...
Tese la mano, prese quella di Emma, la baciò avidamente. Lei, infastidita, si alzò di scatto.
– Per favore, restate! Vi amo! – disse Guillaumin, afferrandola.
Un fiotto di sangue le salí al viso. Indietreggiò, con un volto terribile.
– Vi approfittate della mia disgrazia! Mi si può compiangere, ma non sono in vendita!
E se ne andò.
Félicité l'aspettava sulla porta. – Ebbene?
– No! – disse Emma.
Elencarono tutti gli abitanti di Yonville che avrebbero potuto aiutarla. Ma li esclusero tutti. Non c'era piú nulla da fare. Si udí il trotto di un cavallo sul viale. Era Charles!
Emma fuggí da mamma Rollet. Singhiozzò nel suo letto per un po'.

Pensò a Léon. Sarebbe arrivato col denaro! Forse era già a casa sua! Ordinò alla balia di correre lí e di portarlo da lei. – Fate presto!

– Cara signora! Vado!

Si stupí di non aver pensato piú a Léon; certo avrebbe mantenuto la promessa!

La balia non arrivava mai. Infine, il cancello cigolò.

– Da voi non c'è nessuno, – mormorò mamma Rollet. – Ma suo marito piange. La chiama.

Emma ansimava e girava gli occhi intorno a sé, tanto che mamma Rollet la credette impazzita. D'improvviso si batté la fronte, gridò: il ricordo di Rodolphe, come un lampo nella notte, le aveva schiarito la mente.

Entrò in camera sua, com'era solita fare. Davanti al fuoco, Rodolphe fumava la pipa.

– Voi qui! – disse, alzandosi in fretta.

– Sí, io!... Rodolphe, ho bisogno di te...

Scoppiò in singhiozzi. Rodolphe, pensando che fosse venuta per riallacciare i rapporti, credette che piangesse per amore, ma lei gridò: – Sono rovinata! Mi dovresti prestare tremila franchi!

«Ah, – pensò lui, impallidendo, – è venuta per questo?»

Alla fine disse, con un'aria molto calma: – Non li ho, cara signora.

Non mentiva. Se li avesse avuti, glieli avrebbe dati di certo.

Emma rimase a guardarlo per qualche istante. – Non li hai? – disse. – Potevo risparmiarmi quest'ultima umiliazione. Tu non mi hai mai amata. Non sei meglio degli altri!

E se ne andò. Scendeva la notte, le cornacchie si alzavano in volo.

Arrivò davanti alla bottega del farmacista. Da fuori, capí che stavano cenando.

Vide Justin da solo e lo chiamò. – La chiave! Quella del ripostiglio dei veleni... Dammela! – Gli disse che doveva uccidere i topi che non la lasciavano dormire.

– Bisogna avvertire il signor Homais.

– Non ne vale la pena, glielo dirò io. Andiamo!

Trovarono, appesa al muro, una chiave con su scritto *Cafarnao*.

La chiave girò nella serratura, ed Emma, che ricordava tutto, afferrò la bottiglia blu. Strappò il tappo, vi ficcò la mano, la riempí di una polvere bianca e la mangiò.

– Fermatevi! – gridò Justin.

Ma il danno era fatto.

– Non dire nulla, la colpa ricadrebbe sul tuo padrone! – disse Emma. Poi tornò calma, nella serenità di un dovere compiuto.

A casa, trovò Charles.

– Che cosa è accaduto?... Perché? Spiegami!

Emma scrisse una lettera che sigillò adagio, aggiungendo la data e l'ora. – La leggerai domani; fino ad allora, non fare domande!

– Ma...

– Oh! Lasciami in pace!

Si distese sul letto.

Un sapore acre in bocca la svegliò. Intravide Charles e richiuse gli occhi.

Cominciava a star male? No, non ancora. Sentiva il *tic tac* della pendola, il crepitio del fuoco e il respiro di Charles, in piedi al suo capezzale.

Quell'orribile sapore di inchiostro continuava.

– Ho una sete terribile! – sospirò.

– Ma che cos'hai, insomma? – disse Charles, porgendole un bicchiere d'acqua.

– Non è nulla! Apri la finestra... Soffoco!

E fu afferrata dalla nausea cosí d'improvviso che ebbe appena il tempo di prendere il fazzoletto.

– Portalo via! – disse. – Buttalo!

Sentiva un freddo gelido salirle dai piedi fino al cuore. – Ah! Ecco che comincia! – mormorò.

– Che dici? – disse Charles.

Alle otto, i conati di vomito ricominciarono.

Charles le mise una mano sullo stomaco. Lei gettò un grido. Si mise a gemere e a rabbrividire, piú pallida del lenzuolo. Il polso era quasi impercettibile. Presa da convulsioni, gridava: – Ah! È atroce, mio Dio!

– Parla! Cos'hai mangiato? – disse Charles. – Rispondi, in nome del cielo!

Lei gli indicò la lettera.

Charles balzò verso lo scrittoio e lesse. Si passò una mano sugli occhi, e rilesse di nuovo.

– Aiuto! Accorrete! Avvelenata, avvelenata!

Félicité corse da Homais. Charles scrisse al signor Canivet e al dottor Larivière. Sfogliò l'enciclopedia, ma non riuscí a leggere nulla: le righe gli ballavano davanti agli occhi.

– Calma, – disse il farmacista. – Basterà somministrarle qualche antidoto. Qual è il veleno?

Charles gli mostrò la lettera. Arsenico.

– Bene, – continuò Homais, – sarà necessario fare l'analisi.

Infatti sapeva che in tutti i casi di avvelenamento bisognava fare un'analisi.

– Perché hai fatto una cosa simile? – disse Charles a Emma.

– Non potevo evitarlo, amico mio.

– Non eri felice? È colpa mia? Ho fatto tutto quel che potevo...

– Sí... è vero... sei buono, tu!

E gli passava la mano sui capelli, lentamente. Pensava che ormai aveva finito coi tradimenti, le bassezze, le bramosie. Adesso non odiava piú nessuno.

Si fece portare la bambina.

– Oh! Che occhi grandi hai, mamma! Come sei pallida! Come sudi!

Emma le prese la mano per baciarla: la bimba, impaurita, si dibatteva.

– Portatela via! – singhiozzò Charles.
Il dolore sembrò darle un po' di tregua.
Quando entrò Canivet, Charles lo abbracciò piangendo. – Ah! Siete voi! Grazie! Ma va meglio. Ecco, guardate...
Il collega non fu affatto di quella opinione. Prescrisse un emetico per liberare lo stomaco. Emma vomitò sangue.
Poi cominciò a urlare. Malediceva il veleno, lo supplicava di far presto. Canivet e il farmacista si consultarono.
– Salvatela! – gridava Bovary.
Arrivò il dottor Larivière. L'apparizione di un dio non avrebbe potuto destare piú viva impressione. Scorse l'aspetto cadaverico di Emma. Aggrottò le sopracciglia. Si appartò con Canivet.
Charles li seguí. – Salvatela!
– Coraggio, figliolo... Non c'è piú niente da fare, – disse Larivière, e si scostò dal suo abbraccio.
Il farmacista, per farsi bello con i due medici, li invitò a pranzo.
Apparve l'abate Bournisien con l'olio per l'estrema unzione.
Vedendo il crocifisso, Emma vi posò con tutte le forze che le restavano il piú appassionato bacio d'amore che mai avesse dato.
Non era piú cosí pallida: era serena, come se il sacramento l'avesse guarita.
«Forse c'è ancora speranza» pensò Charles.
Ma lei rovesciò il capo sospirando e ricadde sul guanciale. Man mano che il rantolo aumentava, il prete svelto recitava le orazio-

ni, che si mescolavano ai singhiozzi di Charles e ai rintocchi di una campana.

Una convulsione l'abbatté sul letto, tutti le si fecero vicini. Emma aveva cessato di esistere.

## capitolo 12

# LA CONCLUSIONE

Quando Charles si accorse dell'immobilità di Emma, si gettò su di lei gridando: – Addio! Addio!
Homais e Canivet lo trascinarono fuori. – Calmatevi!
– Sí, – diceva lui, – ma lasciatemi! Voglio vederla! È mia moglie! – E piangeva.
– Piangete, – disse il farmacista, – sfogatevi, questo vi aiuterà!
Piú debole di un bambino, Charles si lasciò guidare via, e il signor Homais se ne andò a casa.
Studiò una bugia e scrisse un articolo per il «Faro di Rouen». Secondo la sua versione, Emma aveva scambiato il veleno per zucchero, preparando una crema alla vaniglia.
Spronato dal curato Bournisien, Charles andò nel suo studio e scrisse:
*Voglio che sia sepolta con l'abito da sposa, le scarpe bianche e una coroncina, i capelli sciolti sulle spalle. Sarà messa in tre casse, una di quer-*

*cia, una di mogano e una di piombo, e ricoperta con una gran coltre di velluto verde.*

Le sue idee romantiche stupirono tutti.

– Il velluto mi sembra troppo, – disse Homais. – Considerando la spesa...

– Questo non vi riguarda! – gridò Charles. – Lasciatemi in pace! Voi non l'amavate! Andatevene!

Bournisien lo portò a fare un giro in giardino. Disse che Dio era infinito e bisognava sottomettersi alla sua volontà.

Charles urlò frasi blasfeme. – Odio il vostro Dio!

Durante la veglia, il prete e il farmacista ebbero un diverbio sulla religione. Rossi in volto, parlavano senza ascoltarsi. Charles guardava Emma, la chiamava per nome.

La signora Bovary madre giunse all'alba; Charles, abbracciandola, ebbe una nuova crisi. Anche lei espresse qualche dubbio sulla spesa. Charles si arrabbiò tanto che non osò piú parlare.

La sera ricevette le visite di rito. Si alzò, strinse le mani, sedette con gli altri vicino al fuoco. Prepararono il corpo, poi si chinarono su Emma per metterle la coroncina. Bisognava sollevarle un po' il capo e allora un fiotto di liquido nero le uscí dalla bocca.

– Ah! Mio Dio! L'abito! Attenzione! – gridò la Lefrançois. – Aiutateci, Homais. Non avrete mica paura!

– Paura io? – rispose lui, alzando le spalle. – Proprio no!

E dichiarò di essere un esperto di autopsie.

Quella notte, lui e il prete si riconciliarono e si addormentarono insieme vicino al corpo. Charles, entrando, non li svegliò. Veniva a dare l'estremo addio alla moglie.

La rivide, in giardino, per la via, sulla soglia di casa, nell'aia dei Bertaux. Ricordò a lungo quelle gioie svanite. Adagio, sollevò il velo che la copriva. Ma lanciò un grido d'orrore che svegliò gli altri.

Piú tardi, volle una ciocca dei capelli di Emma. Félicité andò a tagliarla per lui.

Il curato Bournisien asperse la camera d'acqua benedetta e Homais spruzzò un po' di cloro sul pavimento.

Félicité aveva portato loro una bottiglia di acquavite, del formaggio e una pagnotta.

All'ultimo bicchierino, il prete disse al farmacista, battendogli la mano sulla spalla: – Finiremo per andare d'accordo!

L'indomani, i tre coperchi furono inchiodati e il feretro esposto davanti alla porta. La gente di Yonville cominciò ad affluire. Giunse papà Rouault, e svenne quando vide i drappi neri.

Quando riprese conoscenza, si gettò nelle braccia di Bovary. – Mia figlia! Emma! La mia bambina... Mi racconti!

E l'altro singhiozzò: – Non lo so, non lo so! È una maledizione!

Il farmacista li separò. – Ci penserò io a raccontargli tutto.

Si udí una campana. Era tutto pronto. Si incamminarono.

In chiesa, Charles non sentí piú nulla, e assaporò quelle pause del suo dolore, accusandosi di essere un miserabile.

Uno dei cantori fece la questua e i soldi tintinnarono nel piatto d'argento.

– Sbrigatevi! Non ne posso piú! – esclamò Charles, gettandogli con rabbia una moneta.

La gente si affacciò per veder passare il corteo funebre. Charles, davanti a tutti, si teneva diritto, ostentando un'aria coraggiosa.

Giunsero al cimitero, in un luogo erboso dove era stata scavata la fossa.

Il prete parlava, la terra ammucchiata sull'orlo scivolava negli angoli.

La bara venne posta su quattro corde. Charles la guardava scendere.

Si inginocchiò, gridò: – Addio! –, gettò terra a manciate. Mandava baci alla moglie, si trascinava verso la fossa per esserne inghiottito.

Lo portarono via quasi di peso. Si calmò presto, provando come gli altri un vago sollievo perché tutto era finito.

Papà Rouault gli disse che tornava subito ai Bertaux. Non volle neppure vedere la nipotina. – Mi farebbe troppo male. Baciatela per me! Addio! Siete un bravo ragazzo! E non dimenticherò mai questo, – si batté la coscia, – non temete! Vi manderò sempre il tacchino.

Charles e la madre, benché stanchissimi, chiacchierarono a lungo.

A mezzanotte, Charles, ancora sveglio, pensava alla moglie.

Rodolphe, per distrarsi, aveva battuto i boschi tutto il giorno e ora dormiva tranquillo nel suo castello.

Da qualche parte, Léon dormiva anche lui.

Inginocchiato sulla tomba, un ragazzo singhiozzava, sotto il peso di un rimorso infinito.
Il cancello stridette. Era il guardiano che veniva a riprendere la vanga. Riconobbe Justin mentre scalava il muro e seppe allora chi era il furfante che gli rubava le patate.

L'indomani, Charles fece tornare a casa la bambina, dicendole che la mamma era andata via e le avrebbe portato dei giocattoli. Berthe ne riparlò piú volte, poi, col tempo, non ci pensò piú.
Le preoccupazioni finanziarie ben presto ricominciarono. Lheureux tornò alla carica, e Charles si impegnò per somme esorbitanti: mai e poi mai avrebbe venduto i mobili di Emma. La madre ne fu esasperata e se ne andò.
Allora cominciarono ad approfittarsene. Tutti gli chiesero dei soldi, anche mamma Rollet, che aveva pagato i francobolli di una ventina di lettere.
– Quali lettere?
– Ah! Non ne so nulla! – disse la balia, per delicatezza. – Era per i suoi affari.
A ogni conto che pagava, Charles credeva di aver finito. Ma ne arrivavano sempre altri.
Alla Pentecoste, Félicité scappò con Théodore, il domestico del notaio, rubando tutto quello che restava del guardaroba di Emma.
In quei giorni, la vedova Dupuis invitò Charles al matrimonio di

Léon, notaio a Yvetot, con la signorina Léocadie Leboeuf di Bondeville. Charles, felicitandosi, scrisse questa frase: *Chissà come ne sarebbe stata felice mia moglie!*

Un giorno, mentre girava in soffitta, sentí sotto la pantofola una pallottola di carta sottile. La spiegò e lesse: *Coraggio, Emma! Dovete avere coraggio! Non voglio essere la rovina della vostra esistenza.*

Charles restò immobile, a bocca aperta. Scoprí infine una piccola *R* in fondo alla pagina. Cosa significava? Chi era? Si ricordò di Rodolphe.

Ma il tono rispettoso della lettera lo trasse in inganno. «Forse si sono amati platonicamente».

In seguito, fu costretto a vendere l'argenteria, un pezzo per volta, poi i mobili del salotto. Ma la camera di Emma era quella di sempre.

Nessuno veniva a trovarli la sera: Justin era andato a Rouen, e i figli del farmacista frequentavano sempre meno la piccola Berthe: il signor Homais, data la differente condizione sociale, non voleva che quell'amicizia continuasse.

Quanto a Charles, ebbe successo come giornalista e scrisse un libro importante: la *Statistica generale della regione di Yonville*. La statistica lo spinse verso la filosofia. Si occupò di questioni di vasta portata: problemi sociali, moralizzazione delle classi povere, piscicoltura, gomma, ferrovie eccetera. Non lasciò affatto la farmacia, anzi! Si teneva al corrente delle scoperte.

Propose progetti per la tomba di Emma, in cui non mancava mai l'emblema del salice piangente, che per lui era il simbolo obbligato della tristezza. Fecero un viaggio insieme a Rouen da un impresario delle pompe funebri, accompagnati da un pittore. Charles si decise per un mausoleo. Homais aveva pensato anche all'iscrizione.

Era strano che Charles, pur pensando a Emma di continuo, la dimenticasse. L'immagine gli sfuggiva dalla memoria. La sognava ogni notte, ma alla fine del sonno si dissolveva in putredine.

Per una settimana entrò ogni sera in chiesa. Il curato Bournisien gli fece visita due o tre volte, poi l'abbandonò.

Nonostante le economie, Bovary era ben lontano dall'estinguere i debiti. Lheureux rifiutò di rinnovare le cambiali. Il sequestro era imminente. La madre gli consentí di mettere un'ipoteca sui suoi beni, ma si sfogò contro Emma. Ne nacque un grave disaccordo. La madre tentò di riappacificarsi con lui, chiedendogli di affidarle la bambina. Charles acconsentí, ma al momento della partenza non ebbe il coraggio di separarsi da lei. E la rottura divenne definitiva.

Un giorno, Charles sedette allo scrittoio di Emma e lo aprí. Vi si trovavano tutte le lettere di Léon. Stavolta non c'erano dubbi! Le divorò fino all'ultima, frugò dappertutto, urlando e singhiozzando, fuori di sé. Scoprí una scatola, la sfondò con un calcio. Vide il ritratto di Rodolphe in mezzo ai biglietti d'amore.

Lo incontrò in seguito, al mercato di Argueil, dove era andato a vendere il cavallo. Scorgendosi, impallidirono. Ma alla fine Rodolphe lo invitò a bere all'osteria. Continuava a parlare di banalità. Charles non l'ascoltava. Poi arrossí, le narici e le labbra frementi d'ira. Fissò negli occhi Rodolphe, che si spaventò. Ma poi la stanchezza gli riapparve sul viso. – Non nutro alcun rancore nei vostri confronti. Era destino.
Rodolphe ammutolí.

L'indomani, Charles si sedette sulla panca sotto la pergola. Era estate. Nell'intreccio dei rami passava la luce. Charles soffocava come un adolescente per i sentimenti amorosi che gli gonfiavano il cuore.
Alle sette, la piccola Berthe, che non l'aveva visto per tutto il giorno, lo cercò per la cena.
Aveva la testa rovesciata contro il muro, gli occhi chiusi, e teneva tra le mani una lunga ciocca di capelli neri.
– Papà, su, vieni! – disse la bambina.
Convinta che stesse scherzando, lo spinse adagio. Charles cadde a terra.
Era morto.

Quando tutto fu venduto, Berthe fu mandata dalla nonna, che però morí entro l'anno. Papà Rouault era paralizzato, perciò la affidarono a una zia. La zia era povera e mandò Berthe a guadagnarsi da vivere in una filatura di cotone.

Dopo la morte di Bovary, tre medici sono passati a Yonville, senza affermarsi: il signor Homais è riuscito a sbaragliarli tutti. Ha una vasta clientela, l'autorità lo favorisce e l'opinione pubblica lo protegge.

Gli hanno conferito la Legion d'Onore.

# INDICE

# GUSTAVE FLAUBERT

*Rouen, 1821 - Croisset, 1880*

Gustave Flaubert nasce a Rouen nel 1821. È figlio di un grande chirurgo. Frequenta il liceo nella città natale, dove già pubblica un giornalino scolastico, «Le Colibrí». In seguito la famiglia gli fa studiare legge a Parigi. Il suo sogno però è di diventare uno scrittore. Nel 1844 una malattia nervosa lo costringe a lasciare gli studi. Da allora, vive solo per l'arte. Passa tutta la vita a Croisset, vicino a Rouen, e si dedica alla sua passione. È il primo in Francia a concepire l'idea dello stile, cioè la bellezza della scrittura. Il suo piú grande successo è *Madame Bovary,* pubblicato a puntate sulla «Revue de Paris» nel 1856, con grande scandalo: Flaubert finisce sotto processo per «oltraggio alla morale». Ma se la cava e scrive altri capolavori, *Salammbô* e *L'educazione sentimentale.* Per scrivere *Salammbô,* ambientato a Cartagine, nel 1858 fa un viaggio in Tunisia per vedere le rovine della città. I suoi ultimi libri sono *La tentazione di sant'Antonio* e *Bouvard e Pécuchet.* Muore a Croisset nel 1880.

# PIERDOMENICO BACCALARIO

Pierdomenico Baccalario, nato ad Acqui Terme nel 1974, ha iniziato a scrivere giovanissimo e nel 1998 è stato vincitore del Premio «Il Battello a Vapore». Da allora ha pubblicato numerosi libri d'avventura, serie e romanzi fantastici per ragazzi, tradotti in trenta lingue e pubblicati con i maggiori editori italiani. Ha lavorato con la Scuola Normale Superiore di Pisa. Collabora da oltre vent'anni con l'organizzazione di Lucca Comics & Games. Ha fatto per molti anni parte della giuria del «Best of Show», il premio ludico assegnato ogni anno da Lucca Games. Vive a Reading, Inghilterra, con la sua famiglia. Collabora con le pagine de *La Lettura* del «Corriere della Sera». Con Einaudi Ragazzi ha pubblicato il pluripremiato *Lo spacciatore di fumetti*.

## nella stessa COLLANA

**IL FU MATTIA PASCAL**
di Luigi Pirandello
*raccontato da* Davide Morosinotto

**ORGOGLIO E PREGIUDIZIO**
di Jane Austen
*raccontato da* Sabina Colloredo

**IL RITRATTO DI DORIAN GRAY**
di Oscar Wilde
*raccontato da* Guido Sgardoli

**LA COSCIENZA DI ZENO**
di Italo Svevo
*raccontato da* Paola Capriolo

**DELITTO E CASTIGO**
di Fëdor Michajlovič Dostoevskij
*raccontato da* Sarah Rossi

**MADAME BOVARY**
di Gustave Flaubert
*raccontato da* Pierdomenico Baccalario

Finito di stampare
nel mese di aprile 2016
presso Puntoweb Srl, Ariccia (Roma)